AF404227

PHILIS,
TRAGEDIE.

A
MONSIEVR DE
BASSOMPIERRE,

SEIGNEVR ET BARON
dudit lieu, Harouel, Re-
mouille, Baudricourt &c.
Colonel de quinze cés
cheuaux reiſtres en-
tretenus pour le
ſeruice du
Roy.

A PARIS,
Par IEAN IANNON, rue S. Iean de
Latran, à la Roze rouge.
M.DC.IX.
Auec priuilege du Roy.

A MESSIRE FRANCOIS
DE BASSOMPIERRE, Sei-
gneur & Baron dudit lieu, Ha-
rouel, Remouille, Baudricourt &c.
Colonel de quinze cens cheuaux
reiſtres entretenus pour le ſeruice
du Roy.

MONSIEVR,

Eſtant engagé par pro-
meſſe de mettre au iour
ceſte Tragedie, apres auoir con-
ſulté ſous la protection de qui ie
luy pourrois donner congé, à la fin
ie me ſuis reſolu que ce ſeroit ſous
la faueur de voſtre nom : reſolu-

ã ij

tion qui du premier abord séblera eſtrange. N'auoir point l'honneur d'eſtre cogneu de vous, comment eſt-ce qu'on interpretera ce deſ-fein ? C'eſt en ceſte conſideration qu'il eſt plus recommandable, pour le rapport qu'il y a de l'excel-lence de voſtre bel eſprit à ceſt ou-urage. Il eſt rare pour le ſuiect, conſacré à vn des plus rares eſprits de ce temps ; il eſt plein de varieté, conſacré à vne ame vniuerſelle qui n'ignore rien ; il porte ſur le front le merite extraordinaire de deux parfaicts Amants, conſacré à vne merueille, à vne ame toute bril-lante de vertu. C'eſt icy que ie m'arreſte, que ie dreſſe vos tro-phees, que ie plante mes palmes, ceux-là pour voſtre valeur, celles-cy pour mon iugement. Voſtre vertu à eſté la cauſe de ceſt effect,

vertu dont les proprietez font
comme celles de la lumiere. Ie
n'auoy pas le bonheur d'eftre cogneu de vous, mais ie cognoiffois
la gloire de voftre merite qui ef-
clatte par tout. Efueillé, attiré par
cefte renommee, ie me trouuay
tout à vous. Ceft ouurage eft bigarré & comme d'vn ordre com-
pofite, bafty fur des vieilles bazes,
& vous tenez en tout de la candeur
& de l'integrité des fiecles paffez.
Ceft aduátage furpaffe tous les ad-
uátages des hommes. Ainfi voftre
vertu & la lumiere fe rapportent;
l'vne penetre les corps, l'autre per-
ce les ames, les attire, les affu-
iettit:l'vne chaffe les tenebres,l'autre la negligence,l'ignorance:l'vne
eft defiree voire des mefchans,l'autre eftimee, reueree par l'enuie
mefme:tout cela par fa puiffance
a iij

abſolue. Les voila egales iuſques là, mais elles different en cecy: la lumiere eſt ſuyuie des tenebres, & voſtre vertu n'a point d'imperfe-ction qui luy puiſſe ſucceder: celle-là ſe cache & ſe deſrobe à nos yeux, celle-cy eſt immortelle: la lumiere eſt commune, ſe voit tous les iours, & vne telle vertu que la voſtre à peine ſe voit en tout vn ſiecle. Qu'on iuge donc ſi ie n'auoy pas vne iuſte occaſion de vous dedier ceſt œuure. Vos perfections m'a-uoient eſclairé, m'auoient eſmeu d'vne façon extraordinaire, auſſi n'y a-il rien de commun en elles. Falloit-il eſtre pareſſeux à produire au public ce teſmoignage d'vne ſi belle cognoiſſance, d'vne ſi glo-rieuſe affection? Puis que l'enuie meſme eſt forcee d'honorer la ver-tu, n'euſſe-ie pas eſté coulpable,

l'aimant comme ie fay, si ie n'eusse
surpassé ce monstre en chose si
equitable? Qui la contempleroit
toute nue, il en seroit transporté
d'amour: mais en ce siecle de corruption où elle est foullee aux
pieds, la voir si reluisante en vous
parmy les tenebres, si releuee parmy les laschetez, si franche parmy
tant de desguisemens, disons plus,
si esclatante parmy ce qui a le plus
de lustre; n'est-ce pas vn riche argu-
ment de l'honorer, de la reuerer?
Pour la bien loüer il faudroit vne
eloquence proportiōnee qui n'est
point en moy: l'honneur & l'admiration en feront les Orateurs
plus exquis. Ces precieuses qualitez ont vne Rethoriqūe plus char-
meuse que celles de tous les an-
ciens Grecs & Romains. En vn
mot, la lumiere se loüe assez d'elle

meſme. Qui voudroit repreſenter
ſcience, diuerſité de langues, cour-
toiſie, entre-gent, prudence, cha-
rité, grandeur de courage, en fin,
toutes ſortes de vertus, il faudroit
vn gros volume : quel beſoin de
paroles là où les effeéts parlent ſi
bien & ſi doétement d'eux meſ-
mes ? Pour faire vn abbregé de ces
pieces ſi dignes, il ne faut ſeulemét
que voſtre portraiét. Le Ciel, la
Nature & la Fortune vous ont fa-
uoriſé, mais diuerſement: çes deux
premiers ont tout donné, la fortune peu ſelon voſtre merite, peu ſelon voſtre inclination. Auoir vne
ame royale, & eſtre borné, voila
vn partage qui n'a point de proportion. Ceſte diſparité pourtant
eſt pleine de gloire, elle egalle, elle
ſurpaſſe ce qui eſt au deſſus. Qui ſeroit le barbare qui n'admireroit,

qui

qui n'exalteroit tant de perfections en vn feul fuiect?

Voyla , Monfieur, le premier
mobile qui m'a emporté auec ra-
uiffement à la dedication de ceft
ouurage : celuy-là mefme m'a faict
efperer qu'il ne feroit pas reitté de
voftre courtoifie , bien que fort
efloigné des idees d'vne fi belle
ame que la voftre. Si ic l'euffe faict
de nouueau , peut eftre feroit-il
plus felon le fiecle : mais en ayant
trouué le plan comme vne iufte
douleur me l'auoit tracé, ie n'ay
rien voulu changer de l'ordre, &
moins de la verité de l'hiftoire. I'y
ay adioufté feulement quelque di-
uerfité. Il n'y a que trois Actes à la
mode des Italiens. Les rimes font
comme celles de Ronfard, Du Bar-
tas & Garnier en fes Tragedies, les
plus riches que i'ay peu, fans m'y

é

attacher si exactement. C'est vouloir enclorre l'esprit, qui est diuin,
dedans vne coquille, que de le lier
si superstitieusement à ces loix sco-
lastiques : telles obseruations sont
bonnes pour ceux qui n'ont rien
de plus releué. Il faut que les con-
ceptions de l'ame ayent vne carriere libre. Qu'on regarde les Italiens
& les Espagnols comment ils en
vsent. Tant y a que cest œuure
n'est pas faict pour plaire aux cen-
seurs de ce temps. Ils pourroient
bien estre suiect de reprehension,
mais d'imitation, ie n'en ay point
ouy parler. Ie n'en attens point de
gloire, ie n'en redoute point le
blasme. Le deuoir d'vne inuiola-
ble amitié le fit conceuoir à mon
printéps, le mesme le fait sortir au
iour. Vous estes son north. Si vous
le receuez de bon cœur ce me se-

ront des triomphes. Vous estes vn
miroir, vne eschole, vn reueille-
matin aux François, d'honneur, de
vertu, de gloire : bel astre qui estes
venu honorer ce climat, faire bril-
ler ses rares ornemens en la plus
grande & fameuse Court du monde, parmy tant de lumieres qui y
esclairent. Il est raisonnable qu'on
recognoisse la faueur que la Fran-
ce reçoit de vostre amitié, de vostre
seiour. On doit cela à vostre iudi-
cieuse eslection, à vostre bon naturel : i'y contribue ce peu d'vn tel
deuoir. I'y adioute la deuotion que
i'ay à vostre seruice. Elle est grande, elle est aussi mesuree à vos merites. A ceste regle chacun iugera
qu'elle est infinie. Ie la vous con-
sacre telle auec cognoissance, auec
iugement, rendant mes vœux à ce
qui est honoré & reueré des plus

belles ames, refolu, mais obligé de
demeurer immuablement,

MONSIEVR,

Voftre tres-humble
& tres-affectionné fer-
uiteur, CHEVALIER.

EXTRAICT DV
PRIVILEGE.

Par lettres Patentes du Roy donnees à Paris, le treziesme iour de Ianuier mil six cens neuf, signees par le Roy en son Conseil, Perrot: & seellees en cire iaune sur simple queuë, il est permis à Iean Iannon Imprimeur & Libraire en ceste-dicte ville de Paris, imprimer ou faire imprimer par qui bon luy semblera vn liure intitulé Philis Trage-die, faicte & composee par le Sieur de Chevalier; pour le temps & terme de six ans entiers & consecutifs à commencer du iour que ledit liure aura esté acheué d'imprimer iusques audit temps de six ans. Estant semblablement faict deffenses par les mesmes lettres, à tous Imprimeurs, marchands Libraires & autres quelsconques, d'imprimer ou faire imprimer, vendre ou distribuer ledit liure durant ledit temps, sans l'expres consentement dudit Iannon, ou de celuy à qui il en aura donné permission, sur peine de confiscation desdits liures la part qu'ils seront trouuez, & d'amende arbitraire, comme plus à plain est declaré esdites lettres.

LES PERSONNES.

La Mort,	*Prologue.*
Florifel,	*Amant.*
Plilis,	*La fille.*
Orefte,	*Amy de Florifel.*
Daphnis,	*Corriual.*
Doride,	*Damoifelle de Philis.*
Arifton,	*Pere de Philis.*
Sophonie,	*La mere.*
Olinde,	*Sœur de Philis.*
Timophile,	*Entremetteur.*
Timarque,	*Fils de l'entremetteur.*
Heraclite.	
Le Meffager.	
Andronique,	*Page de Florifel.*

CraigneZ

PROLOGVE.

LA MORT.

Raigne*z*-vous pas de voir ceste figure
horrible?
Vous tremble*z* regardant ceste forme
terrible.
Le peché naturel qui engendra la mort
Vous transit, vous estonne, approchant de mon port
La frayeur vous saisit, vne glace vous serre,
Lors que vous estes prests d'aller dessous la terre.
  Hommes trop ignorans subiects à maux diuers,
Hommes des papillons, des mousches & des vers.
O chetifs, vous fonde*z* vos folles esperances
Sur des foibles roseaux, & sur les apparences
D'vn ombre qui s'enfuit & n'a rien d'arresté,
Que les vents incertains de sa legereté.
  Apres quãd l'heure vient que la Parque indontable
Eslance d'vn fier bras son dard espouuentable,
Qu'il faut aller à bord, tous les trompeurs desirs,
L'esperance flateuse & les fuyans plaisirs
Se presentent à l'ame, & l'ame ensorcelee
Prend alors, souspirant, à regret sa volee,
Seduicte par le sens, priuee de raison

A

Se plaignant au sortir de sa noire prison.
   L'homme ne veut quiter vn abysme de vices,
Et se plaist d'habiter vn enfer de supplices.
Mais si le corps me craint, l'ame me doit aymer:
Vous ne pouuez gouster le doux sans cest amer.
Mon mal cause vos biens, mon traict donne la vie,
Mes tenebres le iour, vostre perte est suyuie
D'vn esclairant triomphe, & vos pleurs couronnez
Des lauriers que le Temps ne peut voir ruinez.
   Or rien de composé qui çà bas prend naissance
De ma tranchante Faulx n'eschappe la puissance.
Nul corps battant du flanc dans ces creux enfumez
Ne force de mes dards les coups enuenimez.
   Les Rois, les Empereurs, les Monarques du monde,
Les petits & les grands d'Acheron boiuent l'onde,
Tost ou tard c'est le port qu'on ne peut euiter,
Les ancres de la vie en somme il faut ietter.
   Ie viens sans qu'on y pense, & iette à la poussiere
Les pins plus haut montez, estaignant la lumiere
Des plus rares esprits dont on a grand besoin,
Et qui de mes efforts se cuident estre loin.
   Ie coupe, i'obscurcis les plantes les plus belles,
Et les Astres plus clairs dans vos prisons mortelles,
Estouffant maint dessein, arrachant maint plaisir,
Coupant mainte esperance, & trompant maint desir,
Qui prest à reposer au haut de la montagne,
Grinpant plein de sueur se brise à la campagne,
Tombant de son plus haut, lors mesme qu'il pensoit
Estre plus pres du bien qui pipeur vous deçoit.
   Le Macedonien qui fit tant de conquestes,
Qui souffrit aux combats tant de fieres tempestes,

Heros pouſſé du Ciel, apres auoir dompté
En douze ans l'vniuers, apres auoir planté
Par ſa grande vertu qui ſuyuoit la fortune
Vn nom qui durera ſans fin deſſous la Lune,
Penſant iouyr à plain d'vn repos gracieux,
Sentit de mon fort bras l'effort audacieux.

  Mais en quelle ſaiſon ? exemple formidable!
Au Printemps de ſes iours, à l'aube deſirable
De ſes aiſes plus grands, miroir d'infirmité,
Docte eſcole aux mortels enfleZ de vanité.

  Ceſar qui le premier & le dernier de Rome,
Sans pair, homme pourtant, mais qui ſurpaſſoit l'hŏme,
Grand Monarque du monde, inuincible guerrier,
Apres s'eſtre couuert de palme & de laurier,
Gemiſſant tout courbé ſous le faix de ſes gloires,
Lors qu'il penſoit iouyr du fruict de ſes victoires,
Qu'il ſe croyoit plus ſeur & loin de tout haZard,
Se ſentit tout à coup percé de part en part.

  Ainſi parmy les jeux de Mars & d'Erycine
Ie meſle bien ſouuent vne amere racine,
Vn mortel Aconit venant d'vn pied leger,
Lors que l'eſprit ſ'endort meſpriſant le danger.

  Ainſi quand il eſt preſt à ſaouler ſon enuie,
Des mets delicieux ſa table il voit rauie,
De l'harpie cruelle & Phinée ne peut
Affamé, languiſſant iouyr de ce qu'il veut:
Ains pipé de l'eſpoir ſ'encourt auec les ombres,
Souſpirant & criant dans les cauernes ſombres.

                              A ij

PREMIER ACTE.

PREMIERE SCENE.

Florisel.   Oreste.

Fl.   *Reste ie l'ay veu, ie l'ay veu cest obiect,*
Que tu voulois qui fust mon vnique
     suiect,
Il est plein de merite, il est fort agreable:
Mais tu m'estimeras vn Prothee muable,
La Lune ne paroist où reluit le Soleil:
Ceste vesue y estoit, cest astre nompareil
De grace & de vertu, cest astre que i'honore,
Qu'vn monde de beautez prodiguement decore.

   Que si dans le pays où me voit arresté,
I'eslis pour ma prison ceste rare clarté,
Ie m'engage à ce maistre & content de ma flame,
I'engraue son portraict au plus profond de l'ame,
Insensible à iamais pour tous autres portraicts,
Et comme vn froid rocher à tous nouueaux attraicts.

   Ie ne sembleray plus au fueillage d'Automne,
Qui tombe au moindre vent, ie ne seray Vertomne
Ce monstre vagabond qui tousiours inconstant,
Changeoit son corps trompeur cent fois en vn instant,
Bien qu'il me fasche trop en ce temps plein d'orage,

En ce siecle sanglant qui ne tonne que rage:
Au leuant de mes ans arrester mon desir,
Sous les loix d'Hymenee encor qu'auec plaisir.

    Ie suis forcé pourtant de seruir ceste belle,
C'est gloire d'honorer vne chose immortelle,
Vn dessein genereux est tousiours estimé,
L'amour de iugement ne peut estre blasmé,
D'vn obiect esleué la flamme en est superbe.

    Ce n'est pas vn amour qui rampe dessus l'herbe,
Qui traine halebrené sans vigueur gemissant,
Aux routes du commun chetif & languissant:
Mais il est tel que nul voyant mon aduantage,
Ne trouuera mauuais si du tout ie m'engage.
Or.   Genereux Florisel quand le bon iugement
Est Prince souuerain du lourd aueuglement,
Des folles passions l'entreprise on estime,
Suyuant de la raison la lumiere sublime,
Vous ne sçauriez faillir en vn climat si beau,
Ayant prins de l'amour le bien-heureux flambeau.

    Pourtant ne croyez point ceste corde sacree,
Ce lien si estroict, ceste Lote succree
Vous pouuoir attacher ; Calypso ne sceut pas
Retenir l'Itaquois auec tous ses appas:
Bien que Nymphe immortelle, & riche des amorces
Qui donnent aux plus forts des mortelles entorses.

    N'estimez, Florisel, que vostre ambition
Puisse par quelque amour perdre sa passion,
Si le destin vouloit fauoriser vos flammes,
Possedant ceste vefue honneur des belles femmes;
Elle a le cœur trop grand pour vous donner conseil,
De vous bander les yeux aux rayons du Soleil.

A iij

PHILIS,

Elle ne voudroit pas vous tenir sur la tendre,
Elle voudroit plustost vous voir vn Alexandre,
Vn autre Scipion , plustost elle seroit
Vn puissant tourbillon qui vous y rauiroit:
Bien que son plaisir fust à vos desseins contraire,
En cest effect si bon elle voudroit vous plaire.

Pour ce qui est de Mars vous serez tousiours vn,
Suyuant d'vn cœur hardy qui n'a rien de commun,
Les brisees qui sont par la vertu monstrees,
Bien que vos passions ne soyent pas asseurees,
Pour ce qui vient d'amour changeant aussi souuent
De route & de proiect qu'on voit tourner le vent.
Fl. Aux passions d'amour c'est vn impertinence
Et vne folle erreur de suyure laconstance,
Et vouloir qu'vn Enfant soit tout iudicieux,
Qu'vn aueugle soit sage & qu'il ait de bons yeux,
Et qu'vn petit brouillon soit ferme ayant des aisles,
Luy qui ne se nourrit que de choses nouuelles.

Aux affaires de poids on doit estre arresté,
Aux effects importans i'aime la fermeté:
Mais estre comme vn Terme en chose si debile,
Vn seuere Caton, vn Colosse immobile
En ces folatres jeux n'estimant qu'vn obiect,
C'est estre vn Cordelier à son ordre subiect,
Vne borne des champs , vn pilier, vne image,
Vn esclaue chetif qui sert à son dommage.

Ce monde est vn grand corps & tout corps est finy,
Auquel ne peut loger rien qui soit infiny:
C'est pourtant le miroir où Dieu tira sa face,
La diuersité tient de l'infiny la place,
C'en est le beau portraict : au ciel, en l'air en l'eau,

En la terre tout n'est marqué de mesme seau.
Par la varieté la nature est si belle,
Elle fait voir dans l'eau ceste essence eternelle,
Où le sage admirant vne ombre de son bien,
Se donnant tout au Ciel ne veut plus estre sien. (tunes,
Les Cieux seroyent moins beaux, leurs clartez impor-
Si tous leurs feux luisans estoient Soleils ou Lunes,
La terre ne seroit si riche de couleurs,
Ayant tant seulement vne sorte de fleurs,
Et si on ne goustoit que le Diatonique,
Bien que le plus parfaict, on fuiroit la musique.

I'honore l'inconstance aux pourchas amoureux,
La Nepente des cœurs, le Moly bien heureux
Qui chasse les douleurs, le Pactole agreable,
Qui sur ses riches flots me donne l'or potable.

Ie ne suis point contrainct en forçat enchaisné,
Pour me voir affranchy lamenter forcené,
Miserable idolatre, aux yeux creux, au teinct palle,
Extreme en tous mes faicts & d'humeur inegalle,
Batu de mille vents de desdain & d'amour,
D'espoir, de desespoir me plaignant nuict & iour.

Ie gourmande ce Nain, i'en fay comme de cire,
Et ne recognoy point son redoutable Empire:
A tout ie trouue goust, à tout ie trouue miel,
Ie me moque de luy, ie ne sens point de fiel:
Vn refus ne me tue, vne absence cruelle
D'infinis sots regrets mon esprit ne bourrelle.

Libre ie suy l'ombrage, & sous les arbrisseaux
Oyant les oyselets ie boy les claires eaux,
Ores à ceste-cy ma grosse soif i'appaise,
Ores à celle-là ie vay cercher mon aise,

Fl. *C'est estre prisonnier que de n'en aimer qu'vne,*
Or. *Et c'est estre gesné d'auoir l'ame commune.*
Fl. *Quoy ! peut-on pas seruir maintes perfections?*
Or. *Pour bien seruir on doit borner ses passions.*
Fl. *Et bien, mon cher Oreste, il faut que ie me change,*
Et que de mes desirs moy mesme ie me vange:
Ie veux donc caler voile à ceste coste icy,
Ceste veufue sera mon vnique soucy.

  Fuy de moy pour iamais inconstance emplumee,
Ie destruy tes autels, ie t'ay trop estimee,
Ie te rends aux saisons content de plus n'aimer
Les courans incertains qui coulent en ta mer.

SECONDE SCENE.

Timophile. Sophonie. Timarque.

Timophile.

*T*OVS *les fleuues suyuans leur course vagabonde*
Sans cesse on voit couler deuers le bas du monde,
Poussant flot apres flot sans iamais se lasser :
Cest œil de l'vniuers sans fin on voit passer,
Nous donnant sa clarté qui nous cause la vie,
Sans que de s'arrester iamais il ait enuie.

  Le premier cercle autheur de la mutation
Dans les regnes mortels où souspire Ixion :
L'homme tousiours ouuert au deuil, à la tristesse,
Va sans repos tournant d'vne extreme vitesse.

Sur tout l'esprit humain, c'est immortel rayon
Qui reluit dedans nous, admirable crayon
Du beau qui fait tout beau, dedans vn corps debile,
Plus viste mille fois que le premier mobile,
N'a iamais nul arrest & n'est point limité,
Tesmoignage certain de sa diuinité.

L'esprit monte à l'instant au ciel le plus sublime,
En vn batement d'œil il entre dans l'abysme:
Ainsi ce fort esclair qui part si vistement
Mille diuers obiects nous monstre incessamment;
Fait naistre maint aduis dont iamais la pensee
Dedans son infiny n'auoit esté pressee.

Ie l'esprouue pour moy qui songeois resuassant
Au gentil Florisel en vertus florissant,
Et à Philis qui est vn thresor de nature,
Si tous deux estoient ioincts (bonne soit l'aduenture)
Tel couple, à mon aduis, seroit bien fortuné.
Soph. *Il ne s'en fera rien qu'il ne soit destiné,*
Mais à quoy songez-vous, à vos antiques flames?
Tim. *Aux nouuelles plustost pour obliger les Dames,*
Aymer encor le sexe en l'arriere saison
Que i'ay du tout changé ceste ieune roison,
C'est l'Amour & la Mort rendre bons camarades,
On a bien qu'on soit vieux quelquesfois des boutades.
Soph. *On dit que le poil blanc est vn bon passeport,*
Mais de vos beaux discours faites moy le rapport.
Tim. *Iourdissois vn proiect que ie desire vtile,*
Ie pensois à Philis, Philis toute gentile,
A ce nouueau croissant dont la nette splendeur
Promet tant de Beautez s'il vient à sa rondeur.
Puis apres ie pensois à Florisel encore

B ij

PHILIS, *28*

Que la perfection diuinement decore.

Ce superbe Aigleron de vertus emplumé
Ne regarde qu'au ciel par la gloire animé:
Il fera quelque iour ses pointes dans les nues,
Et ses valeurs seront des mortels recogneues.

Que fussent-ils tous deux l'vn de l'autre moitié
Collez pour tout iamais d'amour & d'amitié,
Madame, fussent-ils (heureuse destinee)
Attachez pour iamais des liens d'Hymenee.
Soph. Ie sçay quelle est Philis, & qu'elle a merité,
Elle n'a pas assez de grace & de beauté,
Florisel porte ailleurs ses yeux & sa pensee,
Et d'vn plus haut desir il a l'ame poussee,
Puis la Religion est à considerer.
Timar. De tous ces differens i'espere vous tirer,
Ie vous releueray tous deux de sentinelle,
Ie me doute que c'est, i'en ay sceu la nouuelle,
N'est-ce pas Florisel qui cause le discours?
Tous obstacles humains y auront les bras cours,
Rien ne peut empescher vne si belle flame,
Et ie sçay qu'il en a bien auant dedans l'ame.

Il est dans le filé sans qu'il puisse eschapper,
Le ceste de Venus sçait tant bien attraper:
Philis a ce qu'il faut pour ceste noble chasse,
Rien plus que la vertu Florisel ne pourchasse,
Et Philis en a tant, comme il a remarqué,
Ainsi ne doutez-pas qu'il n'en soit fort piqué.
Tim. Pour la ceremonie on y mettra bon ordre,
Car ie sçay qu'en amour vn ieune homme on peut tordre
Et ployer aisement comme vn tendre arbrisseau,
Le faire desmarer comme vn petit vaisseau.

On feint que les lyons sauuages & farouches
Iettans flammes des yeux & vapeurs de leurs bouches,
Trainent le char d'Amour subiects obeissans,
Leurs gros & roides cols sous le ioug fleschissans.
   Ainsi par le pouuoir du Myrthe & de la Roze
Ce ieune lyonceau fera bien quelque chose,
Il se relaschera de son opinion,
I'entreprens ce prix faict auecques passion,
Si l'œil de mon esprit n'est couuert de nuage
Nous en verrons vn iour quelque doux assemblage.
Soph. L'amour que vous portez à ma fille vous fait
Pour elle & pour nous tous souhaiter cest effect,
Ie cognois cependant le peu qu'elle merite,
Pour iouyr d'vn tel heur sa valeur est petite.
   C'est vne vieille erreur qu'on voit communément,
On aime fort les siens par vn aueuglement :
Les Lamies ainsi dehors bien-clair-voyantes
Sont des taupes sans yeux en leurs loges fumantes.
Tim. Vn aueugle pour soy pour autruy n'a des yeux.
Soph. A ce qui vient de nous l'esprit est furieux.
Tim. Tousiours le iugement est d'vne force egale.
Soph. Les obiects differens la-rendent inegale.
Tim. Le sage pour autruy ne peut faillir pour soy.
Soph. Les circonstances font qu'on modere la loy.
Tim. Le deuoir de parent n'oste la cognoissance.
Soph. Trop aimer & l'erreur sont de nostre naissance.
Tim. En ce qui nous regarde on oste le bandeau.
Soph. En nostre propre faict nous laschons le cordeau.
Tim. Vn iugement bien sain n'a point de resuerie.
Soph. Les proches ont pour nous de la sorcellerie.
Tim. Ce mal vient d'autre mal, c'est de se trop aimer.

B iij

Soph. *Tous les fleuues des maux coulent de ceste mer.*
Tim. *Aimer & bien iuger n'est pas incompatible.*
Soph. *S'aimer sans passion est dit tout impossible.*
Tim. *Le sage se commande & suit la verité.*
Soph. *L'Eclypse naturel porte l'obscurité.*
Tim. *Ie me tiens pour vaincu, Madame, & ne desire*
Contester contre vous craignant d'auoir du pire,
Que les puisse-ie voir (bienheureux soyent mes vœux)
Des liens de Iunon bien attachez tous deux,
Et que iamais le temps, le temps qui tout efface,
De leurs cœurs bien vnis les forts nœuds ne desface.

SCENE TROISIESME,

Oreste. Florisel. Daphnis. Heraclite.

Oreste.

E tendron vous a prins, vous en auez dans l'aile,
Ne cachez vos desseins : On dit que Praxitele
Auoit peinct deux Venus, des chef-d'œuure parfaicts,
Pour monstrer de l'Amour les differens effects :
L'vne estoit toute nue & l'autre estoit voilee,
Mais ceste-cy pour vous a prins loin sa volee.
Vos desirs sont au iour ne pensez les cacher,
Celuy qui me disoit qu'il seroit vn rocher,
Les montagnes d'Atlas, les colomnes d'Alcide
Est vn iouet du vent dessus le flot humide.
Il ne se parle plus de ces beaux yeux flateurs

Qui vous affoloient tant par leurs traicts enchanteurs,
La vesue qui estoit pour vous vne merueille
Ne vous fait plus auoir la puce dans l'oreille.
    Ainsi tourne le Nort de vos affections,
Ainsi vont les saisons des ieunes passions,
Ainsi coule le flux de l'onde courroucee,
Ainsi change la lune en sa course pressee.
Flor. Hé que de bonne grace & d'exquise beauté!
Mon Oreste ce n'est quelque legereté
Qui a donné naissance à ma flamme diuine,
Car c'est de la vertu qu'elle a son origine:
Ie sers vne Charite en qui tout leur pouuoir
Le Ciel & la Nature aux mortels ont faict voir.
    Ie suis du tout captif, qui s'en pourroit deffendre ?
Qui pourroit, qui voudroit, qui ne se lairroit prendre
Aux promenoirs d'Adon où le plairsir riant
Tend ses filets plus doux & l'appast plus friand ?
Celuy qui ne s'englue à si puissante amorce
Sans ame & sans esprit n'est homme ains vne escorce.
Quelque instinct naturel me pousse à ce dessein,
Et pour m'en diuertir tout aduis sera vain.
    Ie trouuois la premiere à mon goust fort aimable,
Et maintenant ie croy ceste-cy plus sortable,
Quelque secrete humeur agreable fusil
En l'Auril de mes iours m'attire à cest Auril,
Pour luy ie mets au feu les plumes incertaines
Qui me rēdoient semblable aux Nymphes des fontaines.
    Ceste autre n'y perd rien, elle trouuera mieux,
Thesee laissa bien Ariadne aux noirs yeux,
Et ce fut son bonheur lors que toute esploree
Du Dieu des Indiens elle fut honoree,

Il la print pour sa femme & luy fit le present
Qu'il receut de Venus dans le ciel reluisant.
Or. *Nous voila bien payez & de belle monnoye,*
Mais pour la receuoir à l'Inde il nous renuoye,
Et nous veut contenter de vieilles fictions,
Pensant fort excuser ses folles passions.
Flor. *Ainsi que ie la vis ô veuë! ô feux! ô vie!*
Ie sentis à l'instant ma liberté rauie,
Vne nouuelle ardeur eschauffa tout mon sang,
Esmeut tous les desirs au plus secret du flanc,
D'vne rare beauté la pensee estonnee
Pour iamais dans ses yeux se vit emprisonnee.

Ie la vis, ie bruslay, ie nasquis à l'instant,
Car ie ne viuois point quand i'estois inconstant,
Prenant dessus mon cœur souueraine puissance
Elle me changea tout, l'humeur, la cognoissance
Et les aueuglemens qui troubloient ma raison.
O veuë! ô feux! ô vie! ô la douce prison!
Or. *Vous auez beau prescher ce n'est qu'vn feu d'estou-*
Et cest amour si ferme en porte vn autre en croupe, (pe,
La nature vous pousse à tous ces mouuemens,
Vous suyuez les saisons, les vents, les elemens,
Ceste forme vous plaist, celle-là vous affolle,
Vous prenez tous cachets comme la cire molle.

La nouueauté vous plaist, hé comment vous l'aimez,
C'est lors que vont à mont vos desirs emplumez,
Et celle qui sera de vous la moins cogneue
Sans doute ce sera tousiours la mieux venue:
Baste c'est fruict nouueau pour y trouuer plaisir,
Et c'est ce qui nourrit vostre affamé desir.

Ainsi le loup ceruier asseuré de sa chasse

La quite tout soudain pour la proye qui passe;
Puis l'vn & l'autre il perd, & faut le plus souuent
Pour sa legereté qu'il se paisse de vent,
Oublieux de son bien, ennemy de soy-mesme,
Voila que vous deuez prendre pour vostre Embleme.
Flor. Changer par iugement n'est pas estre leger,
Pour estre plus heureux l'homme se peut changer,
L'homme qui est çà bas où toutes choses roulent,
Où rien n'est perdurable, où les essences coulent
Auec les actions & les effelts diuers
Qui flottent sur la mer de ce grand Vniuers.
    Il ne doit pas auoir vne ancre qui le tienne,
Mais il doit ressembler la regle Lesbiene
Dont le plomb s'accommode & au temps & aux lieux,
Sans quiter la raison, & tout pour auoir mieux:
Or. Se tourner si souuent est manque de ceruelle;
Flor. L'aduis est tout nouueau d'vne chose nouuelle.
Or. Il ne faut se resoudre ainsi legerement,
Flor. Celuy qui suit le bien ne perd le iugement:
Or. Qui laisse vn sainct protect a le ceruɛau debile,
Flor. On ne blasme celuy qui court au plus vtlle.
Or. L'esprit doit estre ferme en ses opinions,
Flor. Le prudent en ses faicts suit les occasions.
C'est le iuste compas & la regle plus seure
Qui seule en ces bas lieux la plus droicte demeure:
Or. Vn clou chassera l'autre, & voila le galant;
Flor. Mais Philis a fixé test argent vif coulant:
Or. Le subiect est changé, non pas le cœur ny l'ame,
Flor. Ils ont changé d'humeur aussi bien que de flame.
Or. Trois iours dit la chanson durerent mes amours,
Flor. Oreste, asseure t'en, ce sera pour tousiours.

                        C

Or. Or sus donc, Florisel, faites voir ce miracle,
Et vous m'empescherez de consulter l'Oracle.
Daph. Lors que Philis nasquit tout la fauorisa,
Ses riches magasins la Nature espuisa,
Elle eut tout ce qu'on voit au monde de plus rare
Dont elle auoit esté plusieurs siecles auare.
Le Ciel estoit riant, Zephire se iouoit
Aupres de sa Cloris, la volupté noüoit
Dans le courant perlé du fleuue delectable,
La terre se paroit du Printemps agreable.
Or. Quelle nouuelle ardeur? Fl. Il est tout esperdu.
Daph. Les voila, ie me crains qu'ils m'auront entendu.
Or. Et vous estes aussi prins de la mesme poche?
Daph. De mes sainctes ardeurs riē de mortel n'approche,
Le Phenix des Amans ie suis en fermeté,
Rien ne s'egalle à moy pour la fidelité:
Et si ie parle ainsi ne le trouuez estrange,
Ie ne suis pas de ceux qui se plaisent au change.
Or. C'est à vous qu'il en veut, ô le gentil debat,
Mettez vous sur les rangs, attaquez le combat.
Daph. Le plus parfaict desir vient de la cognoissance.
Flor. On cognoit beaucoup mieux ayant plus de science.
D. Tāt moins l'esprit se trouble & tāt moins il cōprend,
Flor. Tant plus il est versé & tant mieux il entend.
D. Multitude d'obiects debilitent la veüe.
Flor. Ce defaut n'est qu'en ceux qui ne l'ont pas aigue.
D. On iuge sainement quand on est fort posé,
Flor. Par la diuersité l'on deuient plus rusé.
Les differens effects sont la vraye estamine
Où l'ame s'embellit & l'esprit se rafine.
D. Ie ne suis comme vous subiect à tout aymer,

Flor. *Le bon Pilote sçait mainte route sur mer.*
Daph. *Qui change si souuent n'a pas l'ame bien saine.*
Flor. *Et par diuers combats on deuient Capitaine.*
Or. *C'est assez debatu, Daphnis se dit constant,*
Moins subiect à l'amour, Florisel inconstant
Plus sçauant en tel faict, ce sont là vos symboles:
Pour bien vous declarer toutes cès paraboles,
Tiresias eust dict, s'il vous auoit cognus
Que tous deux n'estes pas fort loyaux à Venus.
Daph. *Ie cede à Florisel & ne sens plus dans l'ame*
Pour la belle Philis ceste cuisante flamme,
Esteignant dans le cœur cest amoureux brandon,
Ie respans de l'encens au glacé Cupidon
Qui guerit les Amans de leur peine cruelle,
Les plongeant dans les flots d'oubliance eternelle.
De tant qu'on voit le corps plus que l'ombre parfaict,
De tant que la parole est moindre que l'effect,
De tant que l'ame est plus que le corps glorieuse,
D'autant est l'amitié plus qu'amour precieuse.
Or. *Daphnis vous vous trompez & mettez en auāt*
Vn discours chimerique & qui n'a que du vent,
Si Philis vous oyoit vous la feriez bien rire,
Et puis à ses raisons vous ne sçauriez que dire:
Car elle a l'esprit vif, d'ailleurs la verité
Pour vous rendre confus seroit de son costé.
D. *Je dis qu'à l'amitié rien n'est accomparable.,*
Or. *Et ie dis que l'amour est bien plus admirable.*
D. *Les causes de ces deux different grandement,*
Or. *Le plus souuent ils ont le mesme mouuement.*
D. *Vne belle amitié de l'ame prend racine,*
Or. *L'amour semblablement d'elle prend origine.*

C ij

D. *L'amour tient plus des sens que non pas l'amitié,*
Or. *Et le corps cependant de l'homme est la moitié.*
D. *Ce qui tient plus du corps tient moins de la lumiere,*
Or. *Ce qui change le corps tient moins de la matiere.*
D. *L'amour le change bien, mais c'est en l'empirant,*
Or. *Au contraire il l'espure & le rend esclairant.*
D. *Le plaisir corporel l'amitié ne souhaite,*
Or. *Et l'amour n'en veut point s'il ne le croit honneste.*
D. *Vne vraye amitié n'est iamais sans vertu,*
Or. *Iamais vn sainct amour du mal n'est abbatu.*
D. *Là où l'esprit est seul il a plus de puissance,*
Or. *Et l'homme toutefois est d'une double essence.*
D. *On ne voit point d'amour sans quelque passion,*
Or. *Des grandes amitiez c'est la perfection.*
D. *La grace & la beauté l'amitié ne demande,*
Or. *Et pourtant ces reliefs ne l'a font pas moins grãde.*
D. *L'amy pour son amy ne refuse la mort,*
Or. *Tous les iours les amans trouuent le mesme sort.*
D. *Les amis si parfaicts ont acquis de la gloire,*
Or. *Ie l'aduouë, il est vray qu'ô en voit quelque histoire,*
Mais tout est plein des faicts & gestes valeureux
Des hommes qui iadis furent bien amoureux:
Ce que vous auez dict n'est que vaine peincture,
Et faire l'Androgine est le but de Nature.
Her. *Dans les halliers espois de nos mortelles nuicts*
Nous marchons à tastons pressez des durs ennuis,
Et sans entendement nous attachans à l'ombre,
Aux autres ny à nous ne seruons que de nombre.
Flor. *Fuyons ce masquaret.* Or. *Oyons le discourir,*
D. *Il ne fait que pleurer & parler de mourir.*
Ie vous en pleine mer singler vn beau nauire

Poussé tout doucement du gracieux Zephire,
Ses gonfanons sont verds, il approche du port,
Du fonds de l'Ocean ie voy Thetis qui sort,
Les Naïades y sont, les bleuës Nereïdes,
Les Tritons esueilleZ qui tient les creux humides.
I'oy doucement chanter les serenes sur l'eau,
Citheree conduit en riant le vaisseau:
Mais las! en mesme temps qu'elle veut prendre terre
Le Ciel fait esclatter vn grand coup de tonnerre,
La mer s'enfle superbe & contre vn froid rocher
Quel triste changement! la nef vient à toucher:
Fiers esclats, bruits cruels, miserable aduenture!
Voila les fruicts communs de l'humaine nature.
D. *Laissons ce sot reueur porteur de rogatons*
Auec le vieux Pelée & ses courans Tritons.
Or. *Il auroit grand besoin d'aller en Anticire,*
Flor. *Il n'y sçauroit aller n'ayant plus de nauire.*
Her. *Les hommes transportez d'vn fort aueuglement*
Ne se peuuent seruir de leur entendement:
Qui medite la fin a beaucoup de sagesse,
Car le present seduit & la Parque nous presse
Venant d'vn pied venteux, pendant que le plaisir
De ses douces liqueurs ennyure le desir.

SCENE QVATRIESME.

Doride. Philis. Florisel.

Doride.

IE vous voyois la nuict, heureux soit le presage,
Philis ie vous voyois auec ce gay visage
Vous baignant au cristal d'vn ruisseau s'enfuyant,
Les ondes se mouuoient dessus leur cours bruyant,
Les Cygnes y nouoient, la belle Cytheree
Dessus son char flammeux estoit alors tiree
Des mignards passereaux tournant autour de vous,
Le Ciel estoit serain & l'air estoit si doux.
* Dans vne grotte d'or, pres de l'eau gazouillante*
Dormoit vn Cupidon à la face riante,
Sans ailes, sans bandeau, d'vne main il tenoit
Son arc luisant de feu, de l'autre il soustenoit
Sa teste d'or frisé, couuerte d'estincelles.
* Des sillons delicats faisoit ses deux aisselles,*
Le bras se replioit pres du coude vermeil,
L'or iettoit vn esclat qui sembloit vn soleil,
Vn filet delié paroissoit chaque veine,
L'air estoit perfumé du musc de son haleine,
Il sembloit qu'il se rist, & que mesme en dormant
Il fist languir quelqu'vn de l'amoureux tourment.
* Ses yeux gros de sommeil cachoient sous les paupieres*
Noires comme iayet leur celestes lumieres.

Deux boulettes de neige il repoussoit en haut,
On eust dict à le voir qu'il s'ennuyoit du chaut.
   Il auoit estendu ses cuisses porelees,
De pourpre delicat *&* de neige esmaillees
Son petit ventre rond, *&* le reste il couuroit
D'vne peau de lyon, peau qui le decoroit,
Marque de son pouuoir, *&* qui apportoit crainte
Frapant les cœurs plus fiers d'vne mortelle atteinte,
Pensant bien qu'endormy qu'il deust faire vn effort,
Et donner en songeant vne agreable mort:
S'il eust veu ma Philis vne perle du monde,
La prenant pour sa mere il eust couru dans l'onde.
   Florisel contemploit ce miracle nouueau,
Ores iettant les yeux sur le courant de l'eau,
Rauy de voir dedans vne chose si belle,
Ores s'esbahissant de la forme nouuelle
De ce diuin enfant, mais sur tout la beauté
De Philis le tenoit confus *&* transporté.
   Il voyoit ses cheueux qui flottoient dessus l'onde,
Qui se iouoit folastre *&* fuyoit vagonde,
Vn Zephir' s'esbattoit sur ses subtils filets,
Filets d'ambre *&* de musc retors *&* annelets,
Ils cachoient quelquefois ses espaules d'yuoire,
Puis d'elles *&* du col, ils descouuroyent la gloire.
   Son front de net cristal en croissant s'estendoit,
L'hebene de sourcis là plus noir se rendoit.
Arcs triomphaux d'Amour, frontispices aimables,
Rempars de ces beaux yeux deux guerriers indõptables,
Qui rians esclairoient comme fait le soleil
Quand il tire de l'eau son visage vermeil.
   Le Printemps de sa ioüe *&* ses leures iumelles

Monstroient tout le thresor des amorces plus belles;
Et le corail vermeil bordoit le double rang
Des perles qui passoient toute sorte de blanc.
  Son sein poussoit en haut deux rondes montaigettes,
De roses & de lis & de dur marbre faictes;
Vn entredeux de laict, vn beau champ potelé
Comme vn monceau neigeux qui ne fut onc foulé
Separoit ces deux monts par vn grand interualle,
Dont le caillé charmeux nulle blancheur n'egalle.
  Ses cuisses sont d'yuoire & tournees au rond,
Les flots tout à l'entour ioyeux faisoient maint bond;
Ces colomnes portoient l'edifice admirable ;
Mais la baʒe de tout ce Palais tant aimable
Estoient la iambe longue & deux pieds fort petits
Du tout pareils à ceux que lon donne à Thetis.
  Faisant le ply du col, baissant vn peu la teste,
Voyant sa face en l'eau; d'vne façon honneste
Sembloit qu'elle voulut soymesme à soy cacher,
Son ombre repoussant qui se veut approcher,
Et pudique couuroit d'vne main la poictrine;
De l'autre le gazon releué d'Ericyne.
Phil. Vous estes vne folle auec tous ces discours.
Dor. Les flots estoient espris & renforçant leur cours
Murmuroient autour d'elle; elle toute honteuse
Refrognant les sourcils paroissoit despiteuse.
  Florisel la voyant estoit tout esperdu,
Ouuroit, fermoit les yeux sur le verd estendu,
Admirant, redoutant les graces de sa belle,
Egallement discret, egalement fidelle,
Plein d'amour, plein d'honneur en ce rauissement,
Lors vn grand monstre ailé fondit subitement.

Empietant

Empietant Florisel rauy de sa pensee,
Et laissant là Philis de mille ennuis pressee:
Ie m'esueillay soudain & mon esprit lassé,
Troublé par ceste fin du sommeil fut laissé,
Et le sommeil fuyant auec ses vaines ombres
Alla cacher ses vents dans les cauernes sombres.
Phil. *Il est faict à plaisir, vous songez en veillant,*
Dor. *Mais il est de l'esprit & du corps sommeillant.*
Ie presage par là, qu'il en a dans la veuë,
Et depuis quelque temps ie m'en suis apperceuë.
Phil. *Doride vous resuez, d'où viendroit tel effect?*
Ie croy que Florisel en vertus si parfaict,
Ayant vn bel esprit & l'ame genereuse,
Picqué bien autre part en la chasse amoureuse,
Puis Amour naist du beau qui rauit doucement,
Et ie n'eus pas du ciel ce diuin ornement.
Dor. *Et ie vous dy Philis, qui faites tant l'honneste*
Que vous estes tres-belle, encores que brunette:
Ie voy que tout le monde estime la beauté,
De ce clair Orient chacun est transporté,
C'est le commun appast, c'est le Phare ordinaire,
C'est le premier ressort mesme du sot vulgaire:
Peu cognoissent pourtant quel est ce grand pouuoir,
Et le beau ny le bien çà bas on ne peut voir:
Mais ie ne veux entrer en si profond abysme,
Et laisse ce discours pour quelque Diotime.

Ie dis tant seulement que ce ray si plaisant,
Cest ombre du diuin, ce charme seduisant
Qui rauit l'ame à soy par quelque frenesie
N'est cognu des mortels que par la fantaisie.

Les iugemens humains & les gousts sont diuers,

PHILIS,

Les vns la veulent blãche aux yeux grãdets & verds;
Pallas les eut ainsi, qui fut vne Deesse
Aussi rare, aussi grande en beauté qu'en sagesse.
  Les autres l'ayment brune, ainsi peint on Venus,
De qui par l'Vniuers les efforts sont cognus,
Elle auoit les yeux noirs, attrayans, pleins de charmes,
D'vne exquise beauté les dangereuses armes.
  C'est vn creux Ocean qui n'a riue ny fond,
L'Anglois prise le brun & le François le blond,
Parmy les Alemans la blanche est adoree,
La plus noire est l'honneur de la chaude Moree,
La grande & grosse plaist au caut Venitien,
La gresle au Polonois, la maigre au Thracien:
En fin cest hameçon, ceste Iris de Nature
Pour l'appetit humain n'a point de regle seure.
  On sçait qu'en la Mexique on estime beauté
Ce qui est parmy nous vne difformité,
Plus les tetins sont grands plus les femmes sont belles:
Quelquesfois on leur voit passer sous les aisselles,
Et les mettant en croix s'en ceindre ioliment
Et encor pour les bouts en reste honestement:
D'autres fois sur l'espaule on voit qu'elles les iettent
A leurs petits enfans qui par derriere tettent.
  Zeuxe pour se monstrer souuerain en son art
Pour peindre Helene au vif courut en mainte part,
Il emprunta les traicts des femmes excellentes,
De l'vne il print les yeux (des lumieres brillantes)
Luisans, craintifs & gais : de l'autre vn front tendu,
Poly comme la glace en croissant estendu.
  De ceste-cy la leure en sa grosseur moyenne,
De l'autre les cheueux qu'eut la belle Troyenne,

De ceste-cy le nez & de l'autre le sein
Large, ferme, caillé, releué, blanc & plein:
Somme des plus beaux traicts ceste Helene fut faicte,
Pour monstrer qu'vn seul corps n'a la beauté parfaicte.

Si ce rare tableau qui fut tant estimé
En quelque corps viuant eust esté transformé,
Encore y eust trouué Momus dequoy se rire,
Comme ie ris du beau que le commun admire:
Ce nom est profané, c'est vn trop grand mespris,
On en cognoist la forme aussi peu que le prix.

Escoutez donc vn peu folles ambitieuses
Qui d'vn tiltre commun estes si glorieuses:
On dit vn beau cheual, vne belle maison,
On dit vn beau sepulchre, vne belle saison,
Mesme on dit vn beau mort, vne belle cisterne,
Encore vn beau falot mary d'vne lanterne.

On foule aux pieds le beau passant dessus les fleurs,
On donne ce beau nom á des foibles couleurs
Qu'vn peu d'humeur efface au midy de leur gloire,
Et dont le chaud & froid emportent la victoire.

Mais voila Florisel qui vient vers sa Philis,
Voyez vn peu son teinct de roses & de lis,
Ceste taille & ce port n'est-il pas agreable?
En pourroit-on bien voir quelque autre aussi aymable?
Fl. Hé! qui iamais a veu tant de perfections?
D. Il parle en s'approchant de ses affections.
Fl. Quel penetrant esclair sort des yeux de Madame?
De quels rauissemens est saisie mon ame?
De quels fers suis-ie prins? quel indompté vainqueur
Changeant tous mes desseins a transformé mon cœur?
Quel doux philtre d'amour coulant dans les moüelles

D ij

Altere tout mon sang par des ardeurs nouuelles?
  Ma Philis c'est de vous que vient ce mouuement,
Vous auez allumé ce doux embrasement,
Belle race du ciel, angelique guerriere
M'emportant au plus loin de l'humaine pousiere.
  La parfaicte vertu qui dedans vous reluit,
Ce sainct Palais d'amour, ce beau iour qui me luit
M'arrachant de l'impur de la mortelle essence
A de tous mes desirs tiré la quint'essence,
Nature vous forma pour sa derniere main,
Qui vous voit vous estime vn œuure sur-humain.
  Quand ceste bonne grace vne force indicible
Qui esmeut, qui transporte, & vierge incorruptible
N'est subiecte aux saisons, à mes sens esclaira,
Tout aussi tost Philis mon esprit adora.
  Ce port si rauissant, ceste façon diuine,
Ces gestes non contraincts percerent ma poictrine
Des traicts les plus cuisans & blesserent si bien
Que la mort seulement peut rompre le lien,
Tissu par les vertus qui vous sont si prisee.
Phil. La plus part des desirs ne sont qu'vne fusee
De qui le feu s'esteint quand la matiere faut,
C'est vne ombre qui passe & la nege au grand chaud,
Vn souffle parmy l'air, vne vaine fumee,
Et la vapeur qu'on voit en naissant consumee.
Dor. Il n'est pas de ceux-là qui ayment en tous lieux,
Zopyre me laissa son esprit & ses yeux,
Ie suis phisionomiste. Ph. Ils sont tous variables,
Et les fueilles des bois ne sont pas si muables.
Fl. Changer vous ayant veuë, auoir autre desir
Et se trouuer esmeu par vn nouueau plaisir,

Apres ces doux regards sentir quelque autre flamme,
Ne me tiendroit-on pas sans esprit & sans ame ?
     Lors que ie changeray le ciel s'abbaissera,
Dans le Palais astré l'abysme montera,
Le feu deuiendra froid, sur les herbeuses plaines
Auec les cerfs craintifs on verra les baleines,
Mon amour est semblable à son diuin obiect.
Ph. De vos amours le corps est le premier subiect.
Fl. On suit l'incorruptible aux formes corporelles,
Ph. Le sens & l'appetit sont les fortes cordelles.
Fl. Par le logis de l'ame on se guinde la haut.
Ph. Le corps est le surjon d'où coule tout defaut.
Fl. Qui ayme la vertu les appetits surmonte,
Ph. De ce voile diuin vous masquez vostre honte.
Fl. L'hõme est hõme par l'ame & par l'entendement.
Ph. L'homme fuit la raison & suit l'aueuglement.
Fl. Le corps à bien sa part en la nature humaine,
Ph. Le plus souuent il a puissance souueraine.
Fl. Vostre merite seul m'a sainctement charmé,
Ph. C'est l'erreur qui vous a si soudain allumé.
Fl. Mon desir n'est aueugle, il vient de cognoissance.
Ph. L'amour de iugement n'a prompte sa naissance.
Florisel ie ne puis plus long temps demeurer.
Fl. Elle fuit, quoy ma belle? Dor. Il faut perseuerer.
Fl. Si ie fus inconstant i'en paye bien l'amende,
Philis ne veut pas croire vne flamme si grande,
Qui en despit des ans gardera sa vigueur
Escueil inuariable aux coups de la rigueur.

SCENE CINQVIESME.

Oreſte.   Timophile.

Oreſte.

Q Vand l'hõme naiſt çà bas quatre folles nourrices
L'alaictent tout ſoudain du poiſon de leurs vices,
Et puis en ont tel ſoin que la mort ſeulement
En fin les peut chaſſer de leur gouuernem ent:
Et bien que la raiſon deuſt eſtre la Princeſſe,
Les effects bien ſouuent teſmoignent ſa foibleſſe.

La cholere, l'amour, l'aueugle ambition
Et l'auarice iniuſte, eſtrange paſſion,
Ne le quitent iamais ſans qu'vne de ſes ragès
Luy facent reſſentir l'effort de ſes orages.

Ces quatre paſſions commandent par quartier,
Vne a touſionrs le ſceptre & le pouuoir entier,
Elle commande à tout: chacune a ſa Prouince,
Toutesfois pour trahir & deſtruire leur Prince
Elles font un ſeul corps & venant au combat
Pour vaincre la raiſon appaiſent leur debat.

La cholere en l'enfance implacable furie
Deſploye le pouuoir de ſa forcenerie,
Gorgone deſpiteuſe, aiguillon dangereux,
Leuain de la vengeance & des faicts malheureux,
L'argent vif de ſes ſœurs qui touſiours ſe tempeſte,

Prompte comme vn esclair si l'ame ne l'arreste.
  Mais elle est au teton en cest âge foiblet
Ce n'est qu'vn enfançon, vn petit vent folet
Iusqu'à ce qu'esleuee aux saisons plus ardantes
Elle vomit le fiel des humeurs violentes,
Lors que l'homme arriuant à vn degré plus haut
Deuroit par le discours corriger tout defaut.
  Amour suit le Printemps, bouillante Tisiphone,
Il preside aux iumeaux & d'vne humeur brouillonne
Trouble tous nos esprits, Tyran audacieux
Qui se rit de nous voir follement soucieux.
  L'ambition le suit Megere imperieuse
Transportee d'orgueil, qui toute furieuse
Excite sa tourmente & nous rend incensez,
De sa rage superbe esleuez & pressez,
Lors que chez le lion l'astre de nos annees
Suyuant son cours nombreux commence ses iournees.
  Alecton, l'Auarice apres tient le bureau,
Ce monstre dessechant, cest affamé bourreau
Qui pour estre trop saoul meurt de faim à toute heure,
Le plus inique mal qui soit en la nature,
Des plaisirs de la vie execrable lien
Qui fait l'homme vn Irus pour auoir trop de bien.
  La ieunesse sur tout vagabonde qui flote
Est au bord du peril sans le sage Pilote,
Qui singlant vers le Nort que monstre la vertu,
Du vent des passions ne demeure abbatu.
  Destroit de Gibaltar que tu es dommageable,
Et que ton fortunal est souuent lamentable!
Heureux qui en est hors sans qu'il ait esprouué
Ses Philtres si mortels dont maint homme abreuué

PHILIS,

Deuient vn loup garou qui bourrellant soy-mesme
Court apres son malheur d'vne furie extreme.

 C'est le regne où domine vn Neron effrené,
Vn corsaire inhumain à tout mal addonné,
Qui commande à baguette & ne peut auoir cesse,
Qu'il ne voye la fin du desir qui le presse.

 Rien ne sert le conseil, rien ne sert le discours,
De Chiron l'aduisé trop foible est le secours,
Que lon tire du sang, rien ne vaut ceste bride,
Que lon coure au tombeau du chaste Leonide
Le remede en est vain, quand ce guerrier ailé
A de ses doux appasts l'esprit ensorcelé.

 I'appelle Florisel pour tesmoing de mon dire,
Qui sent pour sa Philis vn si cruel martyre,
Esprouuant de ce mal le souuerain pouuoir
Et ne peut ny ne veut quelque aduis receuoir:
De tous empeschemens il se moque & se ioüe,
A tous les accidents son ardeur fait la moüe.

 Son brasier s'est pourtant allumé tout à coup,
Mais c'estoit pour Philis qui merite beaucoup,
Ce modelle sans pair des vertus plus gentiles:
Et cependant ie voy les moyens difficiles,
Ie crains, ie crains en fin que sa chasse sera
Un tardif repentir qui long temps luy cuira.
Tim. Ie vous y prens Oreste, hé quel melancholique!
Or. L'esprit va deschiffrāt tousiours quelque rubrique,
Ie pense à Florisel qui est tant amoureux.
Tim. Il a changé d'humeur, il est tout langoureux.

 Ce puissant sublimé les mouëlles desseche,
Rend pensif & chagrin, la gaye humeur empesche,
Et ceux-là mesmement que peu d'espoir soustient,

Ainsi

Ainsi que Florisel qu'vn sainct amour retient:
Ie ne vois vn seul ray dans ceste nue obscure
Qui de quelque beau temps mon iugement asseure,
Vous en sçauez la cause, & vostre bon conseil
En cest Eclypse ombreux seruiroit d'vn soleil.
Tim. Ie ne voy rien icy qui ne soit bien faisable,
En toutes qualitez l'vn & l'autre est sortable.
I'en ay dict quelque mot à la mere en passant,
A la mere qui est l'Astre resplendissant
De cent perfections, tant sage & tant discrette:
Ie disois en riant qu'vne flamme estoit preste
De ietter ses clartez auant son partement.
   Ie me fasche d'vn poinct & le dis franchement,
Pour la Religion l'affaire est difficile:
Mais Florisel qui sent le chaud mont de Sicile,
Le Vesuue cuisant qui le brusle si fort,
Doit de si foible ecluse arrester tout l'effort.
Or. Comment foible! Ie croy que c'est la force mesme,
Tim. Rien n'est de difficile à celuy qui bien ayme.
Or. Oracle de bonheur, aydez nous en ce faict,
Tim. Le bien de Florisel naistra d'vn seul effect.
Or. Hé, que ne feroit-il pour Philis sur-humaine?
Tim. A ce que ie veux dire il n'aura point de peine,
Qu'il suyue sa croyance & soit de mesme loy.
Or. Mais vous moquez vous pas? nous auons mesme loy.
De bien peu differens aux choses principales,
Ce n'est point en tel faict que les ames loyales
Se doiuent transformer pour le suiect aimé.
   Il doit fermer les yeux qui est bien animé,
Mesme pour si beau change auquel la conscience
Fait vn notable gain. Or. Hé Dieu quelle science!

E

L'homme qui est aueugle, enfant esceruellé,
Esclaue de l'erreur, d'ignorance voilé,
Et qui de sa naissance est subiect à tout vice,
Doit bien estre excusé s'il arriue qu'il glisse.
Des manques plus communs au chemin plus tracé,
De ce Caucase humain sur le pendant glacé,
L'homme choit tous les iours : mais en faute importante
L'excuse a mon aduis, n'est pas assez puissante.
  Il la faut pallier, elle a grand besoin d'art,
Il y faut employer du vermillon, du fard,
Du plastre bien exquis, encore est-elle nue,
Et blasmee de tous de mesme que cogneue.
Tim. *Il sort de grands esclats de l'amoureux pouuoir,*
Or. *Il tombe lourdement qui manque à son deuoir.*
Tim. *Les sages y sont prins qui font moindre la faute,*
Or. *Tel defaut ne viět point de quelque ame bien hau-*
Tim. *Les sages cependant s'ils manquět en vn faičt, (te.*
Donnent quelque couleur au moins louable effect.
Or. *Le bien ou mal d'autruy n'apporte gloire ou honte,*
Mais nos propres effects seulement tiennent conte.
Tim. *On pardonne tousiours pource qui viět d'amour,*
Or. *Et tousiours vn beau nom est vn esclairant iour.*
Tim. *La cheute pour l'amour n'oste rien de la gloire,*
Or. *Vne cheute notable est vne tache noire:*
Tim. *Caton rude censeur la faute excuseroit,*
Or. *Le mal est tousiours mal quand Solon le feroit.*
Tim. *Celuy qui a d'amour l'ame bien allumee*
S'accommode à l'humeur de la personne aymee.
Or. *On ne reste d'aymer bien que le iugement*
Nous guide en nos desirs loin de l'aueuglement. (ble:
Tim. *L'Amant doit pour son mieux auoir tout agrea-*

Or. *Quoy? c'est donc vn deuoir de courre au dõmagea-*
Tim. *Nul qui depend d'autruy ne doit faire la loy,* (*ble.*
Or. *Nulle loy des humains ne doit forcer la foy.*
Tim. *Vn Amant ne depend que du suiect qu'il aime,*
Or. *Il n'ayme pas autruy qui n'ayme bien soymesme.*
Ces propos sont des vents de nostre passion,
Tim. *Mais plustost les tesmoins de nostre affection.*
Qui du bien de quelcun veut auoir iouyssance,
Plie à ses volontez desmis de sa puissance.
Or. *L'homme seroit esclaue ayant de tels desirs.*
Tim. *Si la fin de son feu luy cause ses plaisirs,*
Si c'est sa volupté, sa grandeur, son Empire,
Il doit trouuer tout bon pour l'obiect qu'il desire.
Or. *On doit suyure l'esprit non le sens forcené,*
Tim. *C'est vn autre discours, disons qu'il est bien né*
Qui de l'aimee suit la belle fantasie,
Où tout le reste n'est que pure hypocrisie.
Ie m'en voy pour sçauoir ce qu'on dit de nouueau.
Or. *Il m'a par ces propos brouillé tout le cerueau,*
Iamais ie n'eusse creu que ce viellard tant sage
Dont le sens est rassis m'eust tenu ce langage.
Las! on n'estime plus la saincte opinion,
C'est vn echo passant que la Religion.
Epicure & Athee ont faict par leur malice
Que le monde se trouue au comble de tout vice:
Ie crains pourtant l'issue en cest affaire icy.
Si quelque bon demon a des hommes soucy,
Qu'il desbande leurs yeux, qu'ils voyent la lumiere,
Que la saincte Pieté des vertus la premiere
Vole d'enhaut çà bas & porte son thresor,
De ce siecle ferré faisant vn siecle d'or.

E ij

SCENE SIXIESME.

Florifel.　　　　Orefte.

Florifel.

SI i'ay braué l' Amour i'en paye bien l'vfure,
Du petit Lydien la mortelle bleſſure
Me rend ores le change & me fait fouſpirer:
Le ceſte de Venus qui ſçait l'ame attirer
D'vn ſainct embraſement eſchauffe ma penſee,
Des plus belles fureurs diuinement pouſſee.

Auſſi roſt que i'eus veu ce myrthe verdiſſant
Où ſe branche l'Amour, myrthe ſi floriſſant
Des beautez, des clartez qui ſont plus honorees,
Myrthe ſi floriſſant en vertus admirees,
Ie fus prins & lié, l'agreable lien!
Qui me fit bien heureux en me rendant tout ſien.

On eut beau m'attacher à l'arbre du nauire,
Comme le ſage Grec, celle que tant i'admire
Auec mille ornemens qui la font eſtimer,
Soudain me deſtachant m'euſt rauy dans la mer,
Me forçant par le chant des pipeuſes ſerenes,
Qui ſont d'vn beau ſuiect les graces ſouueraines.

Cupidon m'a promis que mon deſir ſeroit
Le cedre qui touſiours ſur vn mont verdiroit,
Haut par deſſus le temps eſtant de meſme eſſence

Que l'agreable obiect dont il a prins naissance.
Hé que ie suis content ! qui me peut egaller?
Or. *Vous voila donc à bout & tout prest à voler.*
Fl. *Mais quand ie suis aupres de ma Philis ie tremble,*
Ie tremble & suis muet, vn enfant ie ressemble,
Ie begaye incertain & contemple estonné.
Or. *Ce sont les beaux effects de cest aueugle né,*
Les Amans aueuglez courans à leur dommage,
S'imaginent soudain vn angelique image
Et des throsnes luisans de la perfection,
Attachez au pinceau de leur affection,
Laquelle à son plaisir trace mainte figure,
Qui ne se trouue point si ce n'est en peincture.

En suyuant cest erreur vn Amant enchanté
Pense voir vn tableau de la Diuinité,
Il s'estonne approchant, deuot il l'idolatre,
Ressemblant bien souuent vne image de plastre:
Il redoute son ombre & Acteon peureux
Se rend par ses defauts luy mesme malheureux.

Son silence luy vient de l'ame ensorcellee,
Quand par les yeux du corps la flamme s'est coulee,
Pour loger tout soudain dans le milieu du cœur,
L'ame prend ce portraict de ses forces vainqueur.

Ioyeuse elle l'admire, elle le subtilise,
En oste tout l'impur, son manque elle desguise,
Le passe & le repasse & le fait reluisant,
A l'esprit plus subtil sa masse reduisant:
Et puis elle s'attache idolatre pipeuse
D'vn fantastic obiect à la forme trompeuse.

De là vient le silence en partie à l'amant.
Mais quitons ce propos, aimez vous constamment,

Le sort est-il ietté? Fl. *Quelle est ceste demande?*
Or. *Vous faites, i'en ay peur, vne faute bien grande.*
Fl. *Qui pourroit s'esgarer en vn si beau sentier?*
Or. *Parmy ces bois touffus l'homme n'est pas entier,*
Ains il n'est à demy. Fl. *La fin en sera bonne,*
Des rigueurs d'Aristee Hercule ne s'estonne.
Or. *Vous estes plein d'amour qui fier audacieux,*
A tous empeschemens vous ferme les deux yeux.
Fl. *Ie vole pour milan, le commun ie ne cerche.*
Or. *Vous auriez grãd besoin d'estre enduit sur la perche,*
Sans voler sur la gorge estant peu du desir,
Qui sorcier, cauteleux vous tourne à son plaisir.
    Je sçay bien que Philis de cent beautez ornee
A toutes les vertus est heureusement nee:
Son corps formé du ciel a de puissans attraicts,
Son aspect angelique a de merueilleux traicts.

    Son port d'vne Diane agreable guerriere,
Ceste belle façon humainement altiere,
Qui n'a rien de contrainct en toutes actions,
Sont dignes de regner sur vos affections.

    Ce bel ante promet au Printemps agreable
S'il arriue à l'Automne vn fruict incomparable,
Vous achetez l'espoir, mais vn espoir si doux,
Que vous serez heureux au iugement de tous.

    Elle sera Cloris & vous serez Zephire,
Vous irez folastrant & ne ferez que rire,
Mais vous sentirez bien vne autre volupté,
Si ce fruict ia naissant vient à maturité.
Aux moissons de ce verd seront la maluoisie,
Et les plaisans ruisseaux de laict & d'ambroisie,
Où l'esprit affamé se plonge incessamment,

Sans iamais se saouler d'vn tel contentement.
A! ce sont les douceurs & vrayes Ericynes,
Celles-là qui dans l'ame ont planté leurs racines.
Fl. Mon Oreste dy moy quelle sera Philis,
Quelles ses qualitez à ce temps que tu dis.

Quelle? mon Florisel, paifaicte & nompareille,
A ceux qui la verront vne aurore vermeille?
Quand d'œillets & de lis elle pare son sein,
Que tout le ciel en rit, l'air est clair & serain,
Et que les elemens & tout ce qui respire
La voyant arriuer adorent son Empire:
Telle sera Philis à son premier abord,
Semblable à quelque nymphe & de l'air & du port.

Encore ie verray Philis que ie reuere
Pour tant de raretez comme la Primeuere,
Quand la terre produit les herbes & les fleurs,
Et bigarre ses flancs de diuerses couleurs,
Que l'air parle d'amour & que tout nous connie,
A prendre gayement les aises de la vie.

En fin elle sera comme l'arc bigarré
Sur vn nuage humide egalement serré.
Quand les rays du soleil le rancontrant façonnent
Ces naifues couleurs qui brillantes rayonnent,
Rauissant les mortels & font voir à nos yeux
Auec estonnement leur esmail precieux.

Aurore, Primeuere, Iris incomparable,
Pour l'ame & pour le corps sur toutes admirable,
Philis en attirant, reschauffant, rauissant
Les yeux, le cœur, l'esprit sous ses loix flechissant,
Fera naistre & mourir la crainte & l'esperance,
Donnant & puis ostant tout à coup l'asseurance,

PHILIS,

En remplissant ces trois par sa perfection
De liesse, d'amour & d'admiration.

   A ce ris, à sa voix doux charme des aureilles
Tous fleschiront voyant, oyant tant de merueilles,
Sa beauté reluira pour esblouir les yeux,
Sa grace eschauffera les cœurs audacieux:
Mais ses vertus mettront rabaissant toute audace
Sur des flammes d'amour des gros monceaux de glace.

   Quand d'vne compagnie elle retirera
Ses Astres gracieux le lieu s'obscurcira,
A cest esloignement les ames estonnees
De silence & de deuil seront enuironnees,
Vn chacun regardant d'vn & d'autre costé,
Monstrera qu'il regrette vne telle clarté,
Mesme il luy semblera pour sa douleur extreme
Qu'on luy ait arraché le meilleur de soymesme.

   A ces premiers attraicts on verra les desirs
Superbes s'esleuer sur l'espoir des plaisirs:
Mais par vn seul regard de Philis toute accorte
L'honneur & le respect leur fermeront la porte,
Et aux sainctes lueurs qui vont esblouissant,
Refusez & confus ils mourront en naissant.
Flor. Oreste continue, hé Dieu que ie suis aise!
Ie sens par ce discours quelque nouuelle braise,
Hé! que i'ay de plaisir à ce propos icy.
Or. Mais les difficultez m'accablent de soucy,
Vous sçauez les raisons qui engendrent mon doute.
Flor. Tant seulement les yeux de Philis ie redoute,
Ie me moque du reste, & croy certainement
Qu'en fin ie gousteray ce doux contentement;
Hercule estant couché sous les vertes ramees,

Som-

Sommeillant à demy sent les chetifs Pigmées
Qui luy tirent de l'arc, il se rit de ces vers,
Et tous ces auortons escarte d'vn reuers :
Nul obstacle n'empesche vne ame genereuse,
Qui brusle sainctement d'vne flamme amoureuse :
Pourueu que ma Philis me vueille receuoir,
Je deffie le reste.   Or. Au reste il faut pouruoir,
Elle vous aimera, parlez à Timophile,
Il trouue à ce qu'il dit l'affaire difficile,
Il faut franchir le saut, autrement vous n'aurez
Ceste belle Philis pour qui vous souspirez.
Fl. Comment franchir le saut? voila qui est estrange,
Et lon espere donc qu'à ce poinct ie me range?
Que plustost dans Lethé mes desirs soient plongez.
Or. Je croy que dans ce fleuue ils seroient mieux logez.
Flor. Vous estes vn bouffon, vous croyez le contraire.
Or. Voudrois-ie d'vn dessein genereux vous distraire?
Voudrois-ie, miserable, esteindre ces beaux feux
Que nourrissent sans fin mes soupirs & mes vœux,
Que i'augmente tousiours iettant flame sur flame,
Vous la descriuant telle & du corps & de l'ame?
Mais il faut qu'vn Pilote auant de desmarer,
S'il a le moindre aduis sçache où il doit caler,
Et quels vents luy sont bons. Fl. I'ay certaine esperance
Qu'en fin i'auray Philis par ma perseuerance.
Or. L'esprit est vn flateur qui souuent nous seduit,
Flor. Tout vient à bonne fin quand vn sage conduit.
Mon Oreste, ayde moy par quelque bon office,
Sois vn Herme discret, parle, vse d'artifice,
Songe quelque entre-deux qui les puisse arrester.
Or. Aux choses d'importance on ne se doit haster,

C'est reculer du port allant à pleine voile,
Et perdre sans propos, sa carte & son estoille.
Ariston est prudent, c'est vn cerueau rassis,
Vn pilier grand & fort de marbre bien assis,
Dont la baze est fondee au roc de la sagesse,
Pour le persuader il faut beaucoup d'addresse.

    Ie luy en parleray, peut estre on trouuera
Quelque honneste moyen qui vous soulagera :
Cependant armeZ vous contre de longues peines,
Bruslé, nauré, rauy par ses yeux dans les veines,
Les arteres, les nerfs, sans estre plus leger.
Flor. *La belle Renommee est fille du danger.*
Si i'endure long temps en l'honorable queste,
Au Temple de Memoire vne palme on m'appreste,
Pour m'en orner le front comme victorieux
Du Temps & des efforts les plus iniurieux.

    Les rares monumens sont d'vn labeur extreme,
L'ouurage le plus long d'Apelle fut supreme.
On trouue pour aller où logent les vertus,
Les monts a trauerser, les chemins raboteux,
La pouldre & la sueur aux combats Olympiques
Couronnent de laurier les hommes heroïques,
Puis vn rare dessein est tousiours estimé.
Or. *Vn dessein hors de lieu tousiours est fort blasmé.*
Flor. *Bien que l'effort soit vain, louable est l'entreprinse.*
Or. *Il n'est du iugement comme d'vne surprinse.*
Celuy qui a le temps d'y penser n'est pas fin,
Qui de l'œuure entreprins ne regarde la fin.
Flor. *C'est assez grand honneur que d'oser entrepredre.*
Or. *Si l'heur fauorisa le fameux Alexandre,*
Il ne s'ensuit pourtant s'embarquer sans biscuit,

C'est monstrer, qu'on n'a pas le cerueau assez cuict.
Fl. *La gloire fut logée aux choses difficiles,*
Or. *La sagesse se monstre aussi bien aux faciles,*
A l'ongle on recognoist le lion genereux.
Fl. *Achille se monstra pour Hector valeureux,*
Mais assommant Thersiste vn lasche, vn miserable
Indigne de son bras, il se rendit blasmable,
Arriue qui pourra Philis ie seruiray.
Or. *Arriue qui pourra ie vous assisteray,*
Qu'vn bon Ange du ciel cest affaire conduise,
Et qu'vn mauuais succez vostre espoir ne seduise.
Hé qu'ils seront heureux, que de contentement!
Qu'il me tarde de voir ce doux assemblement!
O le couple parfaict, luy beau, Philis si belle,
Elle du tout aimable, & luy du tout fidelle.

   Cieux destournez le coup. Il me vient de nouueau
Quelque Idee qui fasche & trouble mon cerueau,
Ie pense au mont Liban, auquel par sa magie
Il voyoit de Venus vne passe effigie,
Sa teste estoit couuerte, vn ancre elle tenoit,
Et la senestre main le chef luy soustenoit:
Que puissent les eslans de l'ame qui presage
Estre aussi vains qu'ils sont trop souuent en vsage.

                    F ij

SCENE SEPTIESME.

Timophile. Ariston. Oreste.
Sophonie. Timarque.

Timoph.

Vous deuez contenter ce pauure langoureux,
Souuenez vous du temps que fustes amoureux.
Amour est vn tyran, c'est vn fier Caniballe,
Vous auez d'autres fois esté de la caballe :
Quand on sçait qu'en vaut l'aune on a compassion
De ceux qu'on voit souffrir semblable passion.
Arist. *Florisel me plaist fort, ie l'aime, ie le prise :*
Mais on se moqueroit de ceste barbe grise,
S'il auoit à son mot ce qu'il pretend auoir,
Ie ne voudroy pour rien manquer à mon deuoir.
Il me fait de l'honneur de recercher ma fille :
Ie ne veux cependant que les yeux il me sille,
Qu'il soit bon Catholique on la luy donnera.
Or. *Quel discret Palemon nostre faict conduira*
Loin de toute trauerse, où l'inique fortune
Ne puisse regorger sa fureur importune ?
Quel Achate soigneux du soin & du repos
Fidele compagnon. Timoph. *Vous venez à propos.*
Or. *Pardon ie vous supply, i'estois en resuerie,*
Ar. *Elle vient de la ioye & de la fascherie.*
Or. *La mienne vient d'ennuy qui me ronge le cœur,*

Ar. *L'esprit de tous ennuis dois estre le vainqueur.*
Or. *De surmonter les maux n'est pas chose facile.*
Ar. *Quand le remede est vain la plainte est inutile,*
Et s'il y a remede il le faut recercher,
Et non en lamentant d'ennuy se dessecher.
Or. *C'estoit pour Florisel que i'estois en pensee,*
Qui meurt pour sa Philis, de qui l'ame est poussee
D'vn amour sans espoir, si vous n'auez pitié
En vous monstrant humain, de si belle amitié.
Ar. *Je veux ce qu'il voudra, qu'il soit bon Catholique.*
Or. *Il n'est point Arrien il est Apostolique.*
Ar. *Et quoy? vous estes donc aussi de ceste loy?*   (foy,
Or. *Nous sommes tous d'vn maistre, & auons mesme*
Tous rameaux d'vne souche, ayans mesme croyance,
Differens pour les poincts qui ne sont de l'essence,
N'estans des principaux. Ar. *Ains qui sont les plus*
A ceux de qui les yeux sont le plus esclairans. (grans,
Or. *Je ne veux en destail dechiffrer cest affaire,*
Mais bien en general plustost que de m'en taire :
Aux poincts fondamentaux nous differons de peu,
Les vains ambitieux y ont porté le feu,
Faisans de la pieté vne traffique estrange,
Pour vn petit ruisseau nous figurant le Gange.
S'aydans de cest outil qui meut la passion,
Subtil attise-feu de la sedition.
Cependant cauteleux auec leur ame double,
Nouueaux Venitiens ils peschoient en eau trouble.
Arist. *Je voy bien vostre but, Oreste vous mettez*
Vn discours en auant propre aux nouuelletez,
Le Belier d'Arabie en vn temps plein de scisme
Où la Foy chanceloit, d'entendement sublime.

F iij

Archimede subtil pour l'Asie esmouuoir
Au temps d'Heraclius, s'ayda de tel sçauoir :
Ie me tiens aux vieux temps, c'est mon ancre sacrée,
Et ne voudroy seruir à Caluin de curée.
Or. *Ie mets le doigt en bouche, & m'arreste en ce cas,*
Tous nos maux sont venus de l'Empereur Phocas,
Alexandres troisiesme en diroit mainte chose.
Tim. *Il a sur ce passage inuenté quelque glose.*
Or. *Parlons de Florisel & quitons ce discours.*
Soph. *Celuy qui se voit foible à la fuite a recours.*
Or. *Ie dis tant seulement faisons ce mariage.*
  Nature se plaist tant à vn si doux ouurage,
Pour tous deux le soleil partons egalement,
Qu'ils relaschent vn peu pour tel contentement
L'vn & l'autre, quitant en chose tant vtile
Les poincts indifferens & le voile inutile.
Arist. *Oreste il ne se peut, on a beau desguiser,*
Ie suis souuerain maistre à l'art de bien toiser,
Ie demeure tousiours en ma raison premiere,
Et veux qu'vn tel effect soit veu de la lumiere :
Nos vieux peres estoient aussi sages que nous.
Or. *Et ie veux en ce poinct m'accorder auec vous :*
Mais ie dis qu'on ne peut rendre vn faict authentique
Par les seules couleurs d'vn erreur fort antique.
Ar. *Les plus beaux ornemens sont de l'antiquité,*
Or. *Les plus beaux, les plus grands sont de la verité.*
Ar. *Innouer en ce faict ce seroit arrogance,*
Or. *En tout suyure l'vsage est suyure l'ignorance.*
Ar. *Les Ordres establis on ne doit point changer,*
Or. *Au bien non, aux longs ans l'homme se doit ranger.*
Ar. *Les plus anciennes loix ont le plus d'efficace,*

Or. Tous les siecles passez la Iustice surpasse.
Solon, Numa, Lycurgue & mille autres o nt faict
Des loix que leurs nepueux ont iustement desfaict.
Ar. Nos deuanciers auoient la ceruelle plus saine,
Or. La suite des longs iours plus de prudence amene.
Ar. Aux vieux temps l'homme estoit plus sage &
     non si vifs.
Or. L'hôme au couchât du môde est plus sage & actif,
Ce que Clotan fila par si longues annees,
A bien d'autre façon les ames affinees.
Ar. L'entendement si prompt est le pire souuient,
Or. L'esprit melancholique est le plus deceuant.
Ar. Les cerueaux si bouillans tournent à la malice,
Or. Iamais les songe-creux ne quitent ceste lice.
Brutus & Cassius tousiours dans leur cerueau
Saturnes remuoient quelque proiect nouueau.
Ar. Quoy qu'il soit ie me tiens à ceste vieille route,
Les deux yeux bien ouuerts & la main à l'escoute,
Sans quiter la Bossole emmy tant de rochers.
Or. Qui ne relasche au mieux ainsi que les Nochers?
L'homme comme le temps a certains periodes,
Et ne ressemble pas le Colosse de Rhodes,
Et puis de quoy nous sert la superstition?
Ar. Elle s'approche plus de la religion,
On doit fort estimer vne ame bien deuote.
Or. Mais la deuotion ne la fait pas bigote.
Ar. La crainte d'offenser est de grandé vertu,
Or. Par des vaines frayeurs le cœur est abattu,
Mille troubles diuers faschent la conscience,
L'emplissant de soupçons, d'horreur & deffiance.
Ar. L'atheisme toutesfois ne vient pas de ce vent.

Oreste, ne parlons de ce faict plus auant,
RIEN PLVS QVE LA RAISON, *ie porte*
  en ma deuise,
Qu'à ce poinct Florisel discretement aduise:
Allons, ia le soleil s'en va baiser Thetis.
Soph. Oreste ayez bon cœur, nous sommes mi-partis,
On trouuera moyen. Or. Hé! soyez secourable,
Et gardez cest amant d'vn malheur deplorable.
  Flateresse Pitho qui sçais tant doucement
Par des subtils crochets prendre l'entendement,
Qui chasses le courroux, qui desseches les larmes,
Qui fais aux plus cruels du poing tomber les armes.
O persuasion qui les cœurs amollis,
Change, change Ariston, & qu'il donne Philis
Au douteux Florisel qui veut perdre la vie
Plustost que de changer vne si belle enuie.

INTERMEDE.

L'Esperance & la Volupté seront amenées
prisonnieres par le Dueil.

SECOND

SECOND ACTE.

SCENE PREMIERE.

Florisel.   Oreste.   Timophile.

Florisel.

HE qu'il tarde à venir! Héie ne puis durer!
J'espere & desespere, & ne puis m'asseurer,
Assailly, combatu de desir & de crainte,
Sentãt dedãs le cœur vne mortelle attainte,
Bruslé, glacé, suspens, agité fierement
D'vn flus & d'vn reflus dans mon entendement.
    Oreste tarde bien, ie suis tout fantastique,
Et ie sens là dedans quelque frayeur Panique
Qui m'esmeut sans propos & me rend estonné,
Presage qu'en amour ie seray mal mené :
Mais bien-heureux abbois, si ie viens à les rendre
Pour celle dont les yeux ont mis mon cœur en cendre.
    Qu'il tonne, qu'il foudroye, on ne verra iamais
De quelque autre suiect mes desirs enflammés,
Car le chesne sacré pour deuise ie porte,
Arbre qui vit long temps, dont la racine est forte,
Qui braue de la mer le courroux abboyant,
Et mesprise l'orgueil de l'orage ondoyant.

                                        G

Ainsi tous changemens du temps qui va si viste,
Comme des vermiceaux mon sainct amour despite,
Il gourmande, il terrasse & le sort & les ans,
En foulant sous les pieds les plus fiers actidens.

Il ne vient point encore, il est là ce me semble,
Vn frisson me suit tout, ie chancele, ie tremble,
Il vient à pas tardifs, resuant, le front baissé,
Les yeux fichez en terre à demy courroucé,
Il se gratte la teste. Et bien mon cher Oreste?
Qu'en faut-il esperer? Or. Ce voleur ie dereste.   (mer.
Fl. Qu'est-ce? que dites vous? Or. Cest escumeur de
Fl. Ie languis, respondez, qui voulez-vous blasmer?
Or. Cest aueugle emplumé, trompeur & dōmageable,
Qui bastit ses desseins sur le mouuant du sable:
Ie le disoy tousiours mais on ne me croyoit,
En vain les maux Troyens Cassandre preuoyoit.
Fl. Ariston ne le veut. Or. Non, qui a sa fantaisie, (sie!
Fl. A son mot. Or. A son mot. Fl. Que i'ay l'ame sai-
Quel moyen? Or. Nul. Fl. Si a. Or. N'aymer plus ces
*   beaux yeux.   (mieux.*
Fl. Hé! ie mourray plustost. Or. Il faut suyure soz
Fl. Nous ne sommes tenus aux effects impossibles,
Or. Nous sommes obligez de chasser les nuisibles.
Fl. Qui sçauroit repousser vn effort si puissant?
Or. Qui à son appetit a l'ame obeissant.
Fl. La vertu m'attacha d'vne attache si belle.
Or. Elle peut desclouer ce qui fut faict par elle.
Fl. Quoy? seroit-ce vertu de s'esloigner du bien?
Or. C'est vertu de couper vn dangereux lien.
Fl. La cognoissance fut de mes feux l'origine.
Or. La prudence en sera la salubre racine.

Fl. *On ne peut eschapper estant bien arresté.*
Or. *L'impuissance se trouue où n'est la volonté.*
Quand l'esprit est bandé comme vn puissant Atlethe,
Les plus grands accidents inuincible il arreste.
Fl. *O sort impitoyable, impitoyable sort !*
Ces longueurs, ces langueurs sont pires que la mort :
Que doy-ie deuenir? Or. *Florisel bon courage,*
Pour vous mettre in ceruel i'ay faict plus grãd l'orage,
Sophonie le veut. Fl. *Qui la peut esmouuoir?*   (uoir.
Or. *Vostre valeur.* Fl. *De belle.* Or. *Elle y a du pou-*
l'espere qu'à la fin nous fleschirons le pere,
I'ay couru, ie sçay bien où il a son repaire.
Fl. *Oreste que dis-tu, ne te moques tu point?*
Or. *A l'homme patient en fin tout vient à poinct.*
Fl. *Hé Dieu! mais est-il vray, ie crains.* Or. *Et ie me fie.*
Fl. *C'est vne ombre.* Or. *Ains vn corps.* Fl. *Ah que*
       ie m'en desfie!
Or. *Ariston decoré d'vn exquis iugement,*
D'vn leger equireul n'a pas le mouuement,
Il marche à pied de plomb dessus vne tortue,
Mais ce qu'il a promis sans doute il l'effectue :
Lent à promettre aussi, Aristide aduisé,
Sans auoir sagement toutes choses pesé.
   A la fin vous aurez le destin secourable,
A vostre bon dessein tout sera fauorable :
Souuenez vous du soir, ô soir le plus heureux
Que pourroit desirer vn parfaict amoureux!
Quand Doride porta d'aise toute rauie
Ces bracelets si chers pour vous donner la vie.

Florisel.

Ie tremblois, ie suois, l'estomac haletoit,

G ij

PHILIS,

Ie respirois à peine, & le cœur me battoit,
Ressemblant à celuy qui vient de faire vn songe,
Ne sçachant si c'estoit verité ou mensonge.
    Ie la vis, ie trouuay des os & de la chair,
I'entendis vne voix & me sentis toucher :
Mais sans croire mes yeux, ma main & mon oreille,
I'estois là tout rauy comme d'vne merueille.
    Philis m'obligea trop par ceste humanité,
Et me vainquit deux fois, l'vne par sa beauté,
L'autre par sa douceur, en estraignant mon ame
Sainctement à iamais auec des nœuds de flame,
Descendant du clair ciel de ses perfectiens,
Pour donner quelque espoir à mes affections.
    Faueur tu vas passant les gloires les plus grandes,
O ma belle Philis, quels vœux, quelles offrandes
Vous puis-ie presenter qui soient dignes de vous?
Ie ne sçaurois trouuer sacrifice plus doux
Que celuy de mon cœur, mais la flamme est vollee
Sur l'odeur de l'encens à la voulte estoillee :
Si tost que ie vous vis ie rendis ce deuoir,
Et n'ay rien plus de moy qui soit à mon pouuoir.
    Les bracelets, dit-on, marquent la seruitude,
Vn Empire si beau sçauroit-il estre rude?
On lie par les bras les hommes criminels,
Et ie fus attaché de liens eternels ;
Pour l'ame & pour l'esprit en receuant ce gage,
Qui mes sainctes ardeurs eschauffa dauantage,
Au moins si mon amour pouuoit par cest effect
Receuoir rien de plus estant du tout parfaict.
Oreste.
Vous l'aurez, Florisel, i'en ay bonne esperance,

Tout s'acquiert à la fin par la perseuerance :
Si vous ne relaschez, vous serez estimé
Beaucoup plus d'Ariston, & de Philis aymé,
Trouuant auec le temps sans encourir nul blasme
Le moyen desiré pour contenter vostre ame.
Fl. *Timophile s'en vient comme tout resiouy.*
Or. *C'est vn digne vieillard, m'auroit-il bien ouy?*
Tim. *Il faut auoir Philis.* Fl. *Veux-ie quelque autre*
    chose?
Or. *Nous faisons les proiects & le ciel en dispose.*
Tim. *Par vn petit effect vous la pouuez auoir.*

Flor.

L'effect n'est point petit quand on manque au deuoir,
Pour complaire à l'Amour tomber du Ciel en terre,
Denoncer à son ame vne mortelle guerre,
Se rendre vn vray Sisiphe, vn but des medisans,
Amis & ennemis couuerts de traicts cuisans,
Soy-mesme combattant, troubler sa conscience,
Et perdre du party que lon tient la croyance,
Ores vert, ores bleu, Guelphe puis Gibelin,
C'est pour dire en un mot auoir l'esprit malin.

Timoph.

On ne perd son credit, bien qu'on change de maistre,
Ie ne perdis le mien, mais ie le vy accroistre :
Les fleurs de lys, les grands, tous les astres flammeux
Qui luisoient à la Court par vn renom fameux,
Firent conte de moy, i'esprouuay que ma gloire
Fut du grand Ocean ; auparauant de Loire :
Et ceux qui d'vn tel saut me cuidoient tout brisé,
Me virent en grandeur de tous fauorisé.

G iij

PHILIS,
Florisel.

Ce qui fut bòn pour vous me seroit trop nuisible,
Vous y fustes contraint par l'effort inuincible
De la necessité : En si grand mouuement
Les amis supportoient vn peu le changement,
En pareils accidents on reçoit quelque excuse,
Bien que Caton Censeur encore les accuse.
Philis merite bien qu'en toutes actions
I'egalle mes effects à mes affections,
S'ils ne touchent à l'ame ou l'honneur que i'estime.
Si cela luy plaisoit ie percerois l'abysme.
Au giste des lions pour elle i'entrerois,
A nage tout armé le Rhin ie passerois,
I'irois dans les cachots du cruel Polipheme,
Afin de tesmoigner mon amour tant extréme,
Pardonne ma Philis, pardonne à ce refus,
C'est tout ce que ie puis, & ne sçaurois rien plus.
Tim. Vous quiterez le faux pour entrer en l'Eglise.
Fl. Ce n'est pas vn arrest qu'vne chose indecise.
Tim. Amour est le bouclier d'Aiax en nos erreurs,
Fl. Ains le cheual Troyen de toutes les fureurs.
Tim. On pardonne pour luy quelque faute legere,
Fl. Ce pardon n'oste pas des ames la Megere.
Tim. C'est vn allegement à celuy-là qui faut.
Fl. L'innocence sur tout soustient vn fort assaut.
T. Vous flechirez vn peu, quel hôme est qui ne faille?
Fl. On ne doit pas à Dieu faire barbe de paille.
Tim. Vous chãgerez en mieux, qui vous sçauroit blas-
Fl. Quand ce seroit en mieux on ne doit estimer (mer?
Celuy qui par simplesse, ou par quelque furie
Quite l'opinion qu'il a long temps cherie.

Tim. *Tousiours le bien est vn pour celuy qui le fait,*
Fl. *Le bien est mal s'il n'a par compas son effect :*
Vne mode se garde aux choses de la vie,
Et le blasme en prouient si elle n'est suyuie.
Tim. *Les chemins sont diuers & le logis est vn.*
Fl. *Les sages & les fols ont quelque traict commun,*
Thersite se taisoit pour l'ire de Pelide,
Et le sage Nestor pour le respect d'Atride.

Mais ce n'est pas cela, changeons nostre propos,
Faites qu'en mes amours ie trouue le repos.
Ce Roy tant desiré qui loin de tout encombre,
Auec le ris, les ieux, les graces est à l'ombre,
Estendu tout du long, ayant à son plaisir
L'heur qu'auant il goustoit au vert de son desir.
Tim. *Ie m'en vay de ce pas, ie feray le possible.*

Oreste.

Ne laissez l'immortel pour l'onde corruptible,
Les aises de çà bas sont des flus & reflus
Qui se perdent soudain, & ne durent nous plus
Que le son d'vn Echo qui s'enfuit par la nue.

Florisel i'ay cent fois vostre vertu cognue,
A ce torrent d'amour il faut roidir le cœur,
Et de tous ses efforts demeurer le vainqueur.
Si c'est vn dur trauail, la gloire a sa duree
A toute la longueur des ages mesuree :
Ie le dis en partant. Fl. *I'auray les yeux ouuerts.*
Or. *Le bandeau de ce corps les tient si bien couuerts.*
Fl. *I'ay le fil d'Ariadne.* Or. *A l'estrange Dedale !*
Fl. *Thesee en sortit bien.* Or. *La force n'est egale.*
Fl. *Oreste ie retiens ce gage en attendant*
Ton retour desiré. Or. *Las ! sous quel ascendant*

P H I L I S,

Ay-ie veu la lumiere, & sous quelle influence?
Il faut que ie m'en aille, & ce faict d'importance
Se presente à l'esprit, & me veut retenir,
A ces contraires vents, que doy-ie deuenir?
L'vn me donne congé, l'autre plus fort m'attache,
A moy-mesme ennemy, moy-mesme ie m'arrache,
Ie puis & ie ne puis, ie veux & ne veux point,
Le destin me separe & l'amitié me ioint,
Ie crains, ie m'en vay triste. Fl. Adieu mõ cher Oreste.
Or. Adieu cher Florisel. Ah! quel esclair celeste
Esblouyt mon esprit? Ie ne vous doy plus voir.
Fl. Mon amy quel oracle? Adieu iusqu'au reuoir.

Oreste seul.

Son dessein & le temps miserable où nous sommes
Me fait craindre le port où viennent tous les hommes:
Cest adieu non commun m'afflige estrangement,
Ie marque dans mon ame vn secret mouuement.
Ie sens vn roc pesant qui me serre & me presse,
Et mon cœur est si gros de dueil & de tristesse,
Ie suis tout atterré, ie me relasche aux pleurs:
Bonheur chasse bien loin tous funestes malheurs,
Bonheur fay s'il te plaist que ce ne soit qu'vn songe,
Et que Tiresias ne chante que mensonge.

SCENE

SCENE SECONDE.

Doride. Philis. Florisel. Heraclite.

Doride.

'Ay le nez d'Epaigneul tout faict pour rencontrer,
Florisel de vos rets ne se peut depestrer,
Il n'ayme rien que vous, Philis seule il honore.
Ph. *Vous auriez grand besoin d'vn petit d'elebore*
Pour vuider le cerueau de vos folles humeurs.
Dor. *De mõ cerueau si gay les fruicts sont assez meurs,*
Si à sainct Mathurin ie dois vne chandelle,
I'ay force compagnons qui battent de mesme aile.
Ph. *Au moins les amoureux.* Dor. *Ouy les incensez.*
Ph. *Ils sont tous, que ie croy, de mesme vent poussez.*
D. *Et quoy! vous n'estes pas maintenant amoureuse?*
Ph. *Voy! que dites vous là?* D. *Que vous seriez heu-*
L'amour est tout diuin qui vient de iugement,   (reuse!
De toutes les vertus le premier mouuement,
C'est le cercle moteur des forces principales,
Et le pere diuin des vertus Cardinales,
Qui sans luy languiroient sans aucune splendeur,
Escoutez donc d'amour la gloire & la grandeur.
  Aux belles actions amour est la prudence,
D'autant que bien orné de toute sapience,
Accort & entendu chassant la passion,

Ph. Elle est en grand danger de succomber au vice.
D. On ne peut triompher si on n'a combattu.
Ph. Le cœur pour estre foible est souuent abbatu,
Cirus fit beaucoup mieux de n'aller voir Panthee,
Que d'entrer au hasard d'auoir l'ame arrestee.
D. Alexandre fit mieux monstrant sa fermeté,
De voir & d'admirer ceste rare beauté,
Ces merueilles d'Asie & se vaincre soy-mesme.
Ph. De toutes les vertus la prudence est supreme,
L'homme qui est suiect à tous pas tresbucher,
Des obiects dangereux ne se doit approcher.

Doride.

Philis ie ne veux plus suyure ceste carriere,
Bien que dedans vos yeux ie mettrois la poußiere,
Ie vous dy seulement que vous auez acquis
Par vostre bonne grace vn seruiteur exquis :
Ie ne dy pas beauté, bien que vous soyez belle,
Et si belle à mes yeux qu'il n'en est point de telle.

   Ce terme est si commun, & lon ne cognoist pas
Ceste vie qui porte au cœur vn doux trespas,
Ce fard de la Nature, vne lueur celeste,
Vn appast enchanteur dont l'aise nous moleste.

   On en sçait bien le nom, on en sent les efforts,
Mais pour la definir les esprits plus accorts
S'y trouuent empeschez, sans que nul d'eux explique
Qu'en termes generaux ceste force magique.

   Ils disent tous que c'est vne proportion,
Vn merueilleux crayon, vn penetrant rayon,
Qu'on sent sans le cognoistre, & qui blesse nostre ame :
Mais sur tout ie maintiens que ceste belle femme
En qui tous les beaux traicts on met parfaictement,

Dedans l'ocre d'Apelle on trouue seulement.
  Ne disons plus beauté qu'on fait si dissemblable,
Disons donc BONNE GRACE ornement si louable,
Qui ne craint ny le chaud ny l'hyuer plus glacé,
Et dont l'attraict diuin ne peut estre offensé,
N'estant la fleur du lin qui de l'œil admiree,
A la moitié d'vn iour mesure sa duree.
  Elle consiste en trois : Mais le voicy qui vient
Vostre beau Florisel qu'vn sainct amour detient,
Philis vne autre fois, à demain les affaires.
Fl. Quel est ce beau discours? Ph. De choses fort legeres.
Fl. Dites le moy Doride, & ne me celez rien.
D. Qui le peut refuser? Vrayement ie le veux bien.
Nous parlions entre nous d'vne erreur fort commune.
Je disois que ce nom de Beauté m'importune,
Qu'on ne la cognoist pas, que chacun en discourt,
Puis à bien l'exprimer on demeure tout court.
  Telle femme ie voy souuent qu'on idolatre,
Qui n'est à bien parler qu'vne image de plastre,
Vne Venus de marbre ou d'estuc fort vny,
Dont la iouë est luisante & le front bien verny,
Vn tableau proprement qu'on a porté de Basle,
Qu'on tient pour amuser à quelque coin de sale.
  Ie dis que le plus beau, plus rare & plus parfaict
Que le ciel, la Nature & l'esprit ayent faict,
Ce que grossierement de mon pinceau ie trace
En la femme excellente, est vne bonne grace.
  Elle consiste en trois, trois c'est perfection
N'auoir rien de contraint au port, à l'action,
N'auoir rien d'affetté, ny gestes ny parolle :
Le troisiesme est vn charme, vn charme qui affolle,
                                        H iij

PHILIS,

Qui naure, qui rauit : c'est quelque gayeté
Qui esueille l'esprit pleine d'honnesteté.

On la marque au marcher, & dessus le visage,
Qui soudain resiouyt comme vn beau paysage
Que lon voit au Printemps vn iour clair & serain,
Des yeux, du cœur, de l'ame, vn charme souuerain,
Vn beau iour esclairant qui au plaisir conuie,
Vn rencontre diuin qui nous donne la vie :
C'est cela qui deuroit estre le plus vanté,
Car c'est, à mon aduis, la parfaicte beauté.
Flor. Le reste est tout du corps & cecy tout de l'ame :
D. L'vn en fait le tableau, l'autre la vraye femme.
Flor. L'vn est comme les piedz, l'autre l'entendement.
D. L'vn la masse de chair, l'autre le mouuement.
Flor. Cecy l'ame & l'esprit, cela tapisserie.
D. Cecy le vray, le bon, le reste piperie.
Flor. Toutes autres beautez sont pour les desinir :
D. Fueilles qu'ō voit secher, couleurs qu'on voit ternir.
Fl. Fleurs qui en vn momēt se panchent & flestrissēt,
D. Fruicts qui ne durent point & sur l'arbre pourris-
L'air, l'âge, les ennuis, la moindre infirmité   (sent.
Abbat, efface, change, ô quelle vanité !
Ce vert, ce vif, ce gay, ce doux que lon desire
Aux rides & langueurs, estant ce fier Empire.

Ainsi de ces couleurs, de ces fleurs, de ces fruicts,
Sans qu'il paroisse rien, les honneurs sont destruicts,
Les fueilles seulement d'eau & poudre meslees,
Sont auec du desdain par les moqueurs foulees,
Il n'en est pas ainsi des graces que ie dis,
Que lon ne trouue point dans tous les Amadis.
Flor. En mes affections la vertu fut la guide.

Regardez ma Philis tout ce qu'a dict Doride
Et du corps & de l'ame est en vous tellement,
Qu'on n'en sçauroit oster vn poinct tant seulement.
  Que si tant d'ornemens vous rendent admirable
En mes sainctes amours ie suis incomparable :
Vous estes sans pareille en vos perfections,
Qui me peut egaller en mes affections ?
Philis toute d'honneur, Florisel tout de flamme,
Vos beautez sont du ciel, mes desirs sont de l'ame,
Vous thresor de vertu, moy de fidelité,
Vous vn roc de sagesse, & moy de fermeté.
  O si le ciel vouloit ! (à ce penser ie tremble)
S'il vouloit pour iamais nous arrester ensemble,
Que ie serois heureux, que ie serois contente :   (tant,
Mais, ô beaux yeux flateurs, beaux yeux que i'aime
Mais, ô sainctes lueurs, ô celestes Charites,
Ie crains lors que ie pense à vos rares merites,
Ie crains de ne pouuoir atteindre à ce bonheur.
                    Philis.
  J'aime mon Florisel, tenez-le pour tout seur,
Parlez à ceux qui ont puissance souueraine :
Au reste vous n'aurez puis apres nulle peine.
Flor. Heureux trois fois heureux, qui me peut egaller ?
Heraclite. Les maux soudainement çà bas on voit
Ils viennent tout à coup ainsi que la tempeste,   (rouller,
Qui bruyante s'esclate & tombe sur la teste.   (pleurs ?
Dor. D'où prenez vous l'humeur qui forme tant de
Fl. De l'abysme du monde où naissent les malheurs :
Il n'est rien icy bas qui ne soit miserable.
D. Il n'est rien icy bas qui ne soit desirable.
H. Tout no donne suiect de plaindre & lamenter.

D. *Tout nous donne suiect de rire & de sauter.* (sance.
H. *L'homme est digne des pleurs alors qu'il prend naif-*
D. *Il faut quand l'homme naist mener resiouyssance.*
Si les Thraces pleuroient ce n'estoient que lutins
Et tristes loup-garoux qui hastoient les destins.
H. *Si l'homme est marié porte-il pas son supplice?*
D. *Ce bien-heureux lien est tout plein de delice.*
H. *A qui a des enfans le soin en est fascheux.*
D. *C'est lors que les ennuis s'escartent plus loin d'eux.*
H. *Qui n'a point d'heritier l'esperance en est moindre.*
D. *Alors tous les malheurs l'hõme ne sçauroiët poin-*
H. *La femme viue ou meure apporte des ennuis.* (dre.
D. *La femme est le flambeau de nos mortelles nuicts.*
H. *Qui n'est point marié demeure en solitude.*
D. *En recompense il a moins de solicitude.*
H. *La sedition regne aux villes & citez.*
D. *On gouste dans les murs toutes les voluptez.*
H. *Dans les Palais des Rois on voit tousiours l'enuie.*
D. *On trouue aupres des grands les aises de la vie.*
H. *Le danger est bourgeois des vagues de la mer.*
D. *Et la douceur du gain en oste tout l'amer.*
H. *Si on demeure aux champs, ô la triste demeure!*
D. *On voit parmy les champs les graces de nature.*
H. *En la paix on se lasche enerué du loisir.*
D. *Le repos est louable & donne du plaisir.*
H. *La guerre est vn grand fleau qui tous vices apporte.*
D. *En la guerre pourtant la vertu n'est pas morte,*
Persee en combatant les Monstres furieux
Son immortel renom a faict plus glorieux.
H. *En fin le monde n'est qu'vne misere extreme.*
D. *Le monde a son bonheur, mais il n'est pas supreme.*

Qui

Qui cercheroit icy le vray contentement
Seroit trop esgaré de son entendement.
Les plaisirs sont egaux à l'essence des hommes.
D. Du vent, de la rosee, & rien plus nous ne sommes.
Ph. Hé! fuyons ce pleurard qui nous vient ennuyer.
D. Ie luy veux vn petit les larmes essuyer.
Les os, dit Salomon, de tristesse desseche.
H. Le ris, dit Salomon, la sapience empesche,
Et le sage se voit à la maison des pleurs.
Ph. Laissons là ce fantosme & toutes ses douleurs.
Fl. Allons donc ma Philis, & que les destinees
Fauorisent vn iour nos ames enchainees,
Que nos deux corps soiet ioinßts de mesme que nos cœurs,
Que nos desirs vaincus soient à iamais vainqueurs
Du temps iniurieux qui destruit toutes choses,
Sans qu il puisse offenser nos Myrthes & nos roses.

SCENE TROISIESME.

Doride.　Philis.　Olinde.　Florisel.

Doride.

Linde s'en est faißt il n'en faut plus parler,
Florisel courroucé parle de s'en aller,
Ariston le contraint de quiter ceste lice :
Que ce soit iugement, que ce soit artifice,
Ie ne cognoy rien plus à ses deportemens,
Et croy qu'auec la lune il a ses mouuemens.

I

PHILIS,
Olinde.

Allons trouuer Philis, bien qu'elle soit malade,
Afin de consulter dessus ceste boutade,
Et voir ce qu'on fera, mais la voicy venir,
La pauureté ne peut à peine se tenir,
Ie crains de luy conter ceste triste nouuelle.

Doride.

A ce coup on verra si Philis est si belle,
Et quel est son Empire & l'effort de ses yeux,
Pour arrester le cours du destin enuieux.
Florisel despité d'vne iuste cholere
Contre l'art & le fard de ce resueur de pere,
A iuré de partir pour ne reuenir plus.
Ph. Combien aigres me sont ces flus & ces reflus
Que ce vents, que ces flots me poussent & m'agitent,
Que ces legeretez m'affligent & m'irritent,
Mais mon cher Florisel ne deuroit pas pourtant
S'offenser à tous coups contre cest inconstant.
Il sçait, helas, il sçait combien grande est ma flamme!
Et que ie l'aime plus mille fois que mon ame.
Flor. Vous me voyez icy, mais ce n'est que le corps,
Ie ne sçay bonnement si ie veille ou ie dors,
Sans ame, sans esprit & sans intelligence,
N'ayant plus de moy-mesme aucune cognoissance,
Si ce n'est de mon sort remarquable aux malheurs,
Qui me veut affliger de toutes les douleurs.
Vostre pere Ariston semble le vieux Prothee,
Et vostre Florisel vn autre Promethee :
Il se change à tous coups & ie ne change pas,
Il se iouë, il se rit, i'endure cent trespas,
Il gouste les plaisirs & ie sens les supplices,

Il est remply de fard, ie hay tous artifices :
Quel moyen de souffrir si mauuais traitement?
*   I'ay tant & tant de fois souffert ce changement*
Pour l'amour de Philis, la perle de nature,
Qui fait, ô doux tourment! que tant de maux i'endure,
Qui fait que ie combas à demy forcené
Moy-mesme & mon destin contre nous mutiné,
Qui fait que pour ses yeux moy-mesme ie surmonte,
Tirant le bien d'vn mal & gloire d'vne honte.
*   Ie ne puis, ie ne puis plus longuement souffrir*
Ces remises qui sont pires que le mourir,
Hercule y defaudroit auec son grand courage,
Et ses deux fortes mains cederoient à l'orage.
Ph. Mes amours, mon Cœuret, ie defauts, ie me meurs,
Tourne toy vers ces yeux, voy les baignez de pleurs :
Par ces pleurs, par ces vœux, par ce cœur qui souspire,
Cœur tout de Florisel, cœur brisé de martyre
Appaise toy, demeure, & on aduisera
De trouuer vn moyen qui te contentera.
Voudrois-tu, Florisel, vn Ange du visage
Estre vn Tygro du cœur, estre vn Tygre sauuage,
Et voir mourir Philis de regret & de dueil?
Fl. Ces larmes, ces sanglots me iettent au cercueil,
Pourrois-ie, ma Philis, pourrois-ie, ma lumiere,
Voir apres ce malheur la torche iournaliere?
Arrestez donc ces pleurs que ie ne pasme icy,
Serré mortellement d'ennuis & de soucy.
Dor. Il ne s'en ira pas, voyez qu'il le vous iure.
Ol. Il ne s'en ira pas puis qu'il le vous asseure.

Philis.

Iure moy donc, mon cœur, iure moy par la foy

I ij

Qui fit que ie suis tienne, & que tu es à moy,
Par ceste foy qui tient estroictement nos ames,
Par ceste saincte ardeur qui passe toutes flammes,
Par cest amour qui fut le brandon immortel,
Nous estans la victime & nos deux cœurs l'autel.

Florisel.

Ie ne m'en iray point, soyez en asseuree
Pour le reste pourtant i'ay mon ame aceree,
C'est vn ferme diamant, ie ne veux point changer
Aux aduis d'Ariston ie ne me puis ranger:
Il vaut mieux pour vn temps que i'aye patience,
Que de commettre vn mal contre ma conscience.
Ph. Celuy qui aime fort iuge bien autrement.
Fl. L'amour le plus certain est auec iugement
Ph. Ce n'est pas bien iuger de quiter ce qu'on aime.
Fl. Ce n'est pas estre fin de se trahir soy-mesme.
Ph. En fin le temps pourroit nos desirs empescher,
Fl. Il les peut par effect seulement accrocher.
Ph. Qui est dessous le ioug ne fait comme il desire.
Fl. Vne ferme amitié ne cognoist qu'vn Empire.
Ph. Les peres peuuent tout dessus les volontez.
Fl. Vn grand courage abbat toutes difficultez.
Ph. Mais on force les corps. Fl. Non l'ame genereuse.
Fl. A la fin on contraint. Fl. Non pas l'ame amoureuse.
Ph. Nostre bonheur depend d'vne seule action.
Fl. Il faut maint rare effort pour la perfection.
Et lon n'a pas tousiours des subiects qui soient dignes
Qui nous puissent marquer par des honneurs insignes.
Ph. Mais par vn acte seul nous serons satisfaicts.
Fl. Vn seul acte pourtant souille plusieurs beaux faicts.
Ph. Par vn seul vous pourrez surmonter tout obstacle.

Fl. *Il n'en faut aussi qu'vn pour seruir de spectacle.*
Ph. *Ouy, c'est d'vne mouche en faire vn Elephant.*
Fl. *De faillir en tel faict le ciel me le defend.*
Ph. *Que vous esleuez haut vne petite faute.*
Fl. *Faute qu'on n'en sçauroit voir aucune plus haute.*
Ph. *Elle passe le ciel.* Fl. *Encore tous les cieux,*
Puis que c'est des humains le bien plus precieux,
Ainsi voit-on les eaux qui poursuyuent leur course,
Monter par des degrez aussi haut qu'est leur source.
Ph. *S'il n'est d'autre moyen?* Fl. *On en pourra trouuer.*
Ph. *Mais n'ayant que ce seul?* Fl. *Ie ne puis l'approuuer.*
Ph. *Vous le voulez ainsi?* Fl. *La chose est resolue.*
Ph. *Ce n'est rien qu'vn humeur?* Fl. *Vne humeur ab-*
solue.

Ph. *Et puis que deuiendront ces sermens & ces vœux?*
Fl. *Le pere m'en absoult.* Ph. *Que deuiendrôt nos feux?*
Fl. *Ce que deuient la nue.* Ph. *Et ces promesses feinctes?*
Fl. *Aux rigueurs d'Ariston elles seront esteinctes.*
Ph. *Vostre foy Forisel?* Fl. *Ainsi qu'auparauant.*
Ph. *Et ma vie, ô cruel, fuira comme le vent!*
Dor. *Elle se pasme, ô Dieu, prenez la sous l'aisselle.*
Fl. *C'estoit pour me iouër que ie l'ay dict, ma belle.*
Dor. *Les roses de sa iouë ont tout soudain fany,*
Le cinabre vermeil des leures a terny,
Ses astres obscurcis ont caché leurs lumieres
Sous les subtils filets de ses noires paupieres,
Elle est toute de glace. Fl. *Hé ma Philis pourquoy*
Me traictez vous ainsi? Doutez-vous de ma foy?
Ie n'aime rien que vous, pour vous ie veux tout faire:
Et aime mieux mourir plustost que vous desplaire,
Ouurez donc ses beaux yeux, redonnez moy le iour.

Las si ie vous perdois aurois-ie d'autre amour?
Dor. Le pauure Florisel troublé de ces alarmes,
Ceste iouë & ce front arrosé de ses larmes,
Leurs esprits, leurs desirs & leurs souspirs ailez,
A l'entour de leurs cœurs sont ensemble meslez.

Leurs ames en sortant d'vne peine cruelle
S'accollent s'asseurans par vne ardeur nouuelle,
Et de crainte & d'effroy meuës egallement,
Font voir leurs passions auec vn tremblement,
L'amour est à l'entour de Philis qui volete,
Et languit souspirant chassé de sa retraite.

Il semble que ie voy la plante du Soleil
Quand il commence à naistre au poinct de son resueil,
Elle tourne & tousiours s'espand à la mesure
Que l'autre à l'horison estend sa cheuelure.

Il se meut, elle meut, il la voit, elle aussi,
Il la touche, elle estend son fueillage espoissi
Fueille à fueille, sentant ceste perruque blonde
Iusqu'à ce qu'elle fait vne figure ronde.

Ainsi reuient à soy ma Philis peu à peu,
Sentant de Florisel les souspirs & le feu :
Elle ouure vn peu les yeux, estend sa main d'yuoire,
Regarde Florisel son soleil & sa gloire.

Les œillets de sa iouë elle baigne de pleurs,
Oeillets qui peu à peu reprennent leurs couleurs,
Iettant vn grand souspir qui à l'amour conuie,
Le voyant, le touchant elle reprend la vie,
Il reuit auec elle, & par vn doux baiser
Redoublé plusieurs fois il tasche à l'appaiser.
Fl. Philis ie te promets & iure par toy-mesme,
De monstrer à ce coup comment est-ce que i'aime,

Je feray ce qu'on veut, le fort en eft ietté,
Accufe qui voudra cefte legereté,
I'y fuis tout refolu, mais außi te protefte
Deuant le grand moteur de la maifon celefte,
Au moins ie le vous dis, & crie à haute voix
Que ceft effect fera pour vne feule fois.
Dor. Que vous faut-il dōc plus? Philis, prenez coura-
OI. C'eftoit le vray moyen d'appaifer tout l'orage.   (ge.
     Vous voila donc d'accord , il fe faut refiouyr.
D. Se donner du bon temps non pas s'efuanouyr.
Allons canaille, allons, allons à la bonne heure
Conter ioyeufement cefte belle aduenture,
Heureux en foit le iour, heureux en foit le fort,
Et le ciel à la fin mene tout à bon port.
     Philis ne fonne mot, elle efcoute confufe,
Elle croit, & ne croit que ce foit vne rufe :
Elle tourne les yeux qu'elle ferme à demy,
Pliant vn peu le col deuers fon cher amy.
     Vn rais de l'efperance & du ris qui fe iouë,
Luy ombrage le front, les leures & la iouë,
Il femble qu'elle craigne & n'ofe s'affeurer
Que ce foleil fi beau puiffe long temps durer.

SCENE QVATRIESME.

Florifel. Daphnis. Timarque.

Florifel.

E trouueroit-il bien quelcun plus miferable
Que moy, qu'vn fier deftin de tant de maux acca-
Trahy de mon efpoir, amant infortuné,   (ble,
Priué de la raifon, de rage forcené?
    La mer s'enfle, fe hauffe, & les vagues hideufes
Vomiffent abboyant leurs fureurs orageufes:
L'air deuient vne nuict, ie ne voy plus de Nort,
Tous les vents defpitez defployent leur effort:
Ils coniurent ma perte, & mon ame qui flote
Parmy tant de rochers a perdu fon Pilote.
    Mon iour font des efclairs, mon port eft vn efcueil,
Le naufrage cruel me baftit le cercueil,
L'abyfme eft mon efpoir: En fi grande tempefte
Où les iumeaux facrez ne monftrent point leur tefte,
Je fuis hors de ma route, où me doy-ie tenir?
Battu de tant de maux que doy-ie deuenir?
    Je n'auray pas Philis fans vn erreur commettre,
Et fi ie ne l'ay point ie ne fçaurois plus eftre,
Priué de ce bonheur, ma vie s'enfuira,
Si ie faux au deuoir chacun me blafmera.
Amour me tire en bas, l'efprit en haut me pouffe,
Sans relafche, ie fens mainte rude fecouffe,

L'vn

L'vn subtil oiseleur d'vn visage riant
Tasche de m'engluer de son appast friant ,
Il me mene aux vergers, aux allees ombreuses,
Et aux canaux perlez des graces amoureuses,
Les delices y sont qu'on voit à descouuert,
Et les Nymphes des bois qui dansent sur le vert.

Les serenes du corps qui au sang ont leurs grotes,
Auec les oiselets desgoisent mille notes,
(Ce sont les vains plaisirs) chantans de tous costez,
Mon desir est esmeu de ces nouelletez ,
Prest à me faire entrer au Dedale sensible
Sans l'esprit qui s'oppose à sa trame nuisible.

L'esprit bousche l'oreille , il me couure les yeux,
Et me rend letargique au miel delicieux,
Me rauissant du corps sur vn mont il me porte,
Où ie voy les plaisirs qui sont bien d'autre sorte,
Plaisirs armez à preuue, & qui rendent contans
Les desirs des humains malgré l'effort des ans.

Les autres sont la courge au haut pin enlassee,
Qui se voyant si belle au pin s'est addressee,
Le causant & brauant, & puis le froid venu,
Veufue de son orgueil, son erreur a cognu.

Tous les autres plaisirs sous la maison doree
N'ont (fugitif honneur) qu'vn moment de duree :
Mesprisable bonheur qui meurt si promptement,
Indigne qu'on le deust regarder seulement.

Mais si me faut-il voir la fin de mon enuie ,
Si ie n'ay ma Philis que deuiendra ma vie?
Puis-ie viure content ? puis-ie auoir quelque bien ?
Ie ne me play du iour fors que pour estre sien.

Ma Philis de valeurs prodiguement ornee ,

K

Peut rendre seulement mon ame fortunee,
Philis vn parangon de toute honnesteté,
Philis pour qui ie meurs rauy de sa beauté,
Theatre où la Nature a faict voir ses miracles,
Je rompray, ma Philis, ie rompray tous obstacles.

Ie t'auray (mes amours) ie ne veux contester,
L'erreur est vn vieux arbre où l'homme vient heurter,
Courant en ceste queste, hé! qui ne fait naufrage
Quelquefois en sa vie vn eternel orage?

Trop digne de pardon & non pas de mespris,
Cheute pleine d'honneur, faute digne de prix
Pour elle, ô quel suiect! qu'on crie, qu'on m'accuse,
Errer est chose humaine, & voila mon excuse.

Mais las! de quel Demon ores es-tu poußé?
Quel venim as-tu beu qui te rend incensé?
Ie ne suis hors de sens, ce n'est forcenerie,
Qui viole le droict a bien de la furie:
Le droict est mon cadran, Philis il faut auoir,
Hé! quel aueuglement t'a mis en son pouuoir?

Perdre ce que lon aime est-ce quelque prudence?
Faire ce qu'on ne doit est-ce pas imprudence?
Il le faut malgré moy, ie n'y puis resister,
L'appetit desreglé l'homme peut arrester:
Il n'est pas desreglé qui au bonheur aspire,
Il est fol qui se perd en s'attachant au pire.
Ie ne puis autrement, si tu veux tu le puis,
Ie suy le iugement; au rebours tu le fuis.

Vn desplaisir mortel là dedans me bourrelle,
I'ay prins contre moy-mesme vne estrange querelle:
Si ie perds ma Philis, mon Peru, mon thresor,
C'est à tous mes desirs ietter la pomme d'or.

I'auray la paix d'enhaut si i'ay çà bas la guerre,
Il faut estre du ciel & non pas de la terre,
Peut estre auec le temps on se rauisera,
Ariston à la fin son cœur amollira :
Et i'auray ma Philis sans courir nul reproche,
Ie me veux arrester à ceste ferme roche.

Ie me tiens à ce poinct auant de tresbucher,
Les myrthes amoureux i'aime mieux arracher,
Arracher pourrois-tu? Leur racine indomptee
Des graces, des vertus , & du ciel fut plantee,
Si ie viens à cela i'entre dans le tombeau,
Du combat debatu le prix en est plus beau,
Plus le peril est grand plus de gloire il amene.

On voit sur le tombeau du fort Aristomene
L'aigle Roy des oyseaux, tesmoignage certain
Qu'il estoit grand Heros ayant le cœur hautain,
Esleué par dessus toutes choses mortelles :
Aux sepulchres communs on voit les colombelles.
C'est la hieroglifique & la marque du fort,
Qui doit du sens aueugle abbattre tout l'effort.

Fuyez fuyez, enfans des Nymphes, aux fontaines
Vagabons appetits , voluptez incertaines,
Deceueurs Cupidons, fuyez, fuyez pipeurs,
Ie me veux depestrer de vos laqs si trompeurs,
L'honneur me seruira de mille & mille excuses,
Escartez vous au loin, allez fraudeurs des ruses.

Mais il faudra mourir, ô l'agreable mort !
Si c'est pour ma Philis trompe plustost le sort :
Fay tout ce que lon veut, cela n'est pas faisable,
On t'en excusera, l'effect n'est excusable,
O Philis ie mourray : c'est faict ie suis perdu.

K   ij

Daph. *On a vaincu souuent pour auoir attendu,*
Courage Florisel la tempeste est passee.
Fl. *L'a bonace ne sort quand la nef est froissee,*
Tim. *Elle est venue au port.* Fl. *Ouy de tous malheurs.*
Tim. *Ains de vostre dessein.* Fl. *Plustost de mes dou-*
leurs.
Tim. *Vous l'auez.* Fl. *Ie l'ay bien la cruelle fortune.*
Tim. *Ie dis vostre Philis.* Fl. *Le mal qui m'importune.*
D. *Ariston est content.* Fl. *Seroit-il vray Daphnis?*
D. *Çà le banquet s'appreste.* Fl. *Au haut du mont*
Cenis. *(mensonge*
Timar. *Mais bien au mont sacré.* Fl. *Vous me dites*
D. *Ie vous iure il est vray.* Fl. *Ie sors comme d'vn songe*
En sursaut esueillé, les yeux demy ouuerts,
De sommeil & d'humeur encore tous couuerts,
Les esprits endormis : apres mille trauerses,
Apres auoir senty tant de peines diuerses,
Auray-ie donc Philis? Tim. *Il n'en faut plus douter.*
Fl. *A la sphere qui tourne on ne doit s'arrester.*
Tim. *Vous l'auez pour certain.* Fl. *Iournee biēheureuse,*
Puis que tu m'as tiré de la nuict tenebreuse,
Ie suis tout comblé d'aise, apres tant de malheurs
Ie verray donc la fin de mes tristes douleurs.

Ie reuis mais plustost ores ie prens naissance
Voicy mon iour natal, iour de resiouissance
Iour le soleil des iours plein de felicité,
Si long temps debatu, si long temps souhaité.
Ie redoute pourtant le Parthe auec sa trousse.
T. *Allons on vous attend Ariston se courrouce.*
Daph. *Allez, nous vous suyurons, ie voy le hardy*
Esclairant & tonnant tout herisé de dards, *(Mars*

Armé de pied en cap qui porte la tempeste,
Et d'vn ost menaçant va marchant à la teste.
    La gloire est deuant luy qui a le front couuert,
Le front audacieux de palme & laurier vert.
Pardon, mon Florisel, il faut que ie m'en aille,
Bien marry toutesfois. Fl. Ie ne voy qu'il le faille.
D. On doit en ce mestier le temps bien employer.
Fl. Iamais de la valeur on ne perd le loyer.
D. L'occasion s'enfuit puis apres on s'en fasche.
Fl. Pour vn iour que lon perd son honneur on attache.
D. La diligence est l'aisle & le guerrier l'oiseau.
Fl. Fortune si soudain ne vuide son fuseau.
D. Alexandre fit tout auec la diligence.
Fl. Le diligent n'est pas porté d'impatience.
D. Alcé legere & forte est pour l'ambitieux,
Ie l'ay pour ma deuise : Ainsi vueillent les cieux
Que sans crainte des maux qui suyuent ceste vie,
De vos iustes desirs vous appaisez l'enuie.
Adieu mon Florisel. Fl. Adieu donc cher Daphnis.

Daph. seul.

    Il a ce qu'il vouloit ses trauaux sont finis,
Le couple bien-heureux, la nopce fortunee !
Apres estre bien ioinct des liens d'Hymenee,
Plein de contentement le puisse-ie reuoir,
Ayant entre ses bras Philis en son pouuoir,
Et que iamais le fiel des humaines destresses
D'vne fascheuse aigreur ne trouble ses liesses.

SCENE CINQVIESME.

Doride. Philis. Olinde. Florisel.

Doride.

N fin vous l'auez eu ce vaillant Damoisel,
En fin vous l'auez eu vostre beau Florisel,
Mon Dieu qu'il est content, que vous estes contente,
Le bien-heureux amant, la bien-heureuse amante:
Peut-on imaginer vn plus entier plaisir
Que d'arriuer en fin au port de son desir?
Philis.
Doride maintenant ie suis toute amoureuse,
Ayant vn tel mary, qui sera plus heureuse?
Qui pourra s'egaller à ma felicité,
Quand tous deux possedez de mesme volonté
Nos ames par amour seront emprisonnees,
Esprises sainctement, doucement enchainees?
Ie seray toute sienne, & il sera tout mien,
Luy la clef de mon cœur, & moy la clef du sien:
De nœuds de diamant nos pensees bien ioinctes
Seront pour tout iamais de mesme ardeur espoinctes.
Ie seray toute à luy, il sera tout à moy,
Et nos deux cœurs n'auront qu'vn amour, vne foy,
Vnis en tous desseins, bruslez de mesmes flammes,
N'ayant qu'vn seul desir commandant à deux ames.

Ce miroir, bien qu'obscur, ayant quelque defaut
Nous representera les aises de là haut.
Ah! parmy ces langueurs i'ay bien eu de la peine,
Les ouurages parfaicts sont de plus longue haleine.
Doride nous auons trainé bien longuement,
Mais vn bien sans trauail s'enfuit legerement.
D. *Quand l'aise est attendu moins il est agreable,*
Ph. *Quand il vient promptement il n'est si delectable.*
D. *On se meurt attendant le bonheur desiré.*
Ph. *On ne gouste celuy qui vient inesperé.*
D. *Le doute auec l'espoir fait moindre vne liesse,*
Ph. *Le plaisir medité redouble l'allegresse.*
D. *Parmy l'incertitude on seche de langueur.*
Ph. *Et l'amour & l'espoir moderent la rigueur,*
I'estime qu'Alexandre apres tant de tempestes
Receut plus de plaisir du fruict de ses conquestes
Que le grand Darius qui fut soudain esleu.
Dor. *On cherit bien tousiours ce qu'on a fort voulu,*
Toutesfois Ariadne eut plus d'aise en son ame
Appaisant promptement son amoureuse flamme :
Mais voicy Florisel. Fl. *Quels sont les beaux discours?*
D. *A ce combat icy i'ay besoin de secours.*
Or ie dis qu'vn plaisir, de qui longue est l'attente,
Iamais comme vn soudain les ames ne contente,
Et que par la longueur il est trop acheté,
Philis dit le contraire. Fl. *Et c'est la verité.*
Laissons là ce propos ne parlons que de rire,
Et qu'on n'allegue plus ny souspirs ny martyre,
Tantales, Ixions, disons tant seulement
Qui pourroit eg aller nostre contentement?
Qui sera comme nous lors que la destinee

Fera voir pour nostre heur ceste douce iournee?
Or dy moy, mes amours, comme quoy m'aimes-tu?
Ph. Autant qu'on peut aimer vne rare vertu.
Fl. Celuy qui la pourroit contempler toute nue
Seroit bruslé d'amour apres l'auoir cognue,
Il seroit tout saisi d'vn sainct rauissement,
Comme ie suis de vous par vn embrasement.
Je la contemple en vous, ô ma douce lumiere,
En vos deportemens i'adore sa lumiere,
A ces rais, à ces feux, de graces, de beautez
Consacrant à iamais toutes mes volontez.
Ph. I'aime mon Florisel beaucoup mieux que moy-mesme,
Comme le Pelican qui tant ses petits aime.
Fl. La nature luy monstre & apprend ce deuoir,
Or l'amour coniugale a bien autre pouuoir,
Elle passe l'amour de pere, fils & frere.
Ph. Autre comparaison ie ne vous sçaurois faire.
Fl. Qu'elle est rare Philis, vn chacun ne peut pas
Pource qu'il l'aime bien endurer le trespas.
A si parfaict amour nulle ne te peut suyure.
Tu voudrois donc mourir pour me faire reuiure?
De ceste belle main tu percerois ton flanc,
Sur ce corps estendu tu verserois le sang?
O ciel voy ceste flamme! & c'est toy qui l'as faicte,
Digne tant seulement de l'ame plus parfaicte.

   Apres estre remis quand i'ouuriroi mes yeux
Et verrois ma Philis mon astre gracieux,
Sans poux, sans mouuement sur la pouldre estendue,
A cest esclair mortel ayant l'ame esperdue,
Je souffrirois deux morts englouty de pitié,
La premiere pour moy, l'autre pour ma moitié:

Mais

Mais ceste-cy seroit si dure & si cruelle,
Que nul esprit n'en peut imaginer de telle.
Ph. *Comme quoy m'aimes-tu mon petit inconstant?*
Ol. *Ainsi qu'il faisoit hier, vn peu mais non pas tãt.*
Fl. *Comme l'œil fait le iour, comme le corps fait l'ame.*
Ol. *Croyez le caioleur, c'est vne bonne lame.*
Ph. *Mais encores dy moy, comme quoy mon folet?*
Fl. *Comme le Crocodile aime le roitelet.*
Ph. *Quoy? par necessité, seulement pour l'vtile.*
Ol. *Qui est tel en ce temps est tenu pour habile.*
Fl. *Et vous, dites vn peu quelque comme pour vous.*
Ol. *Pour la comparaison ie vous surpasse à tous,*
De la vigne à l'ormeau, mais qu'en voudriez vous di-
Fl. *I'attendois ce beau comme afin de pouuoir rire, (re?*
Estendant les deux bras vous le sçauriez presser,
Et pendue à son col doucement l'embrasser,
A son corps enlassee, & craignant vn encombre
Voudriez estre tousiours couuerte de son ombre.
C'est vn amour honneste à proprement parler,
Vn amour d'eschalas on le peut appeller.
Ol. *Comme la palme masle & la palme femelle.*
Ph. *I'aime encor Florisel d'amour de tourterelle.*
Fl. *L'entendement s'esueille à si grande clarté,*
Belle eschole aux mortels, miroir de chasteté,
Merueille en la Nature, & qui nous represente
Ie ne sçay quoy de rare & de force excellente.

La plainte qu'elle fait n'ayant plus sa moitié,
D'vn son harmonieux nous esmeut à pitié,
Nous transit, nous rauit, son piteux qui conteste
Auec l'amour humain qui luy en doit de reste.

Quoy? si tu me perdois te retirant à part,

L

Tu choisirois ainsi ta demeure à l'escart?
Tu languirois tousiours souspirant esploree,
Et cacherois à tous ceste face admiree:
Tu m'accables Philis par ceste affection,
Aussi rien ne t'egalle en la perfection,
Amour, ô sainct amour, qui sceus nos cœurs espoindre,
Ne permets que iamais on les voye desioindre.
Dor. Florisel vous l'aimez (belle comparaison)
Comme le bon soldat aime la garnison,
Comme vn ieu de billard, vn gan, vne mitaine,
Ou comme fait la breche vn vaillant Capitaine.
Ph. Je pense qu'elle est folle. Flor. Et ie suis fol aussi,
De mon faict cependant il faut auoir soucy,
Je veux partir demain à l'heure que l'aurore
De safran & d'œillets nostre horison redore.
Ol. Si tost? mais donnez nous trois iours tãt seulemẽt.
D. Il ne sçait pas iouyr de son contentement.
Ol. La plus part sont ainsi se tourmentans eux-mesmes.
D. Et presque en tous leurs faicts les amans sont extre-
mes.
Ol. Quand le bien est certain on ne vient au mespris.
D. On neglige souuent ce qui est hors de prix.
Ol. O qu'il fait bon iouyr de l'heure quãd on l'attrappe.
D. Il le faut bien tenir de crainte qu'il n'eschappe.
Ol. Tel est precipité qu'il n'en est pas besoin.
D. Et puis de ses plaisirs il se trouue bien loin.
Ol. Ainsi l'homme iamais soy-mesme ne possede.
D. Et lors qu'il le voudroit le mal est sans remede.
Ph. Hé! tu veux donc partir? A le despart amer!
Ie voudrois, mon cœuret, me pouuoir transformer
Pour te suyure tousiours en quelque blonde auette,

Firois en voletant tres sur ceste herbette,
Tantost sur celle-là pillant les belles fleurs
Pour t'en faire vn bouquet de diuerses couleurs.
D. Je croy que vous feriez tous deux de bonne cire.
Ph. Ou bien ie voudrois estre vn gracieux Zephire,
I'embaulmerois tout l'air de souspirs amoureux,
Combien ie rauirois de baisers sauoureux,
Comment ie succerois de sainct amour saisie
Sur ce double corail le miel & l'ambrosie.

Ou bien ie voudrois estre vn esprit voletant,
Je te suyurois par tout, souspirant, haletant,
Tantost dedans tes yeux ie baiserois, folastre,
Ce gris belle couleur, dont ie suis idolatre:
Tu porterois ta main me pensant attrapper,
Ie fuirois dans ton sein apres pour te tromper,
Ie me desroberois pendant à ton oreille,
Puis ie m'irois percher sur ta bouche vermeille.

Là de mille douceurs ie voudrois me gorger,
Si ie voyois qu'amour te voulut engager,
Et rendre d'autre obiect ton ame emprisonnee,
Soudain ie couurirois tes yeux d'vne nuce.
Fl. Elle sera ialouse. Ph. Il n'en faut point douter.
Dor. On dit que c'est vn mal fascheux à supporter,
Il s'y faut preparer pour auoir patience,
C'en est, à ce qu'on tient, la plus belle science:
D. Je voudrois, s'il falloit se changer pour l'amy,
Deuenir toute creux & qu'il fust tout fourmy,
Ou bien que nous fussions des lapins de garenne.
Pour les comparaisons ie suis la souueraine:
Fl. Adieu chere Philis, il se faut retirer.
Ph. Si tost mon cher amy? Fl. Ie pense demeurer

L ij

PHILIS,

Plus longuement abſent que ie n'ay faict encore,
Depuis que tu vainquis mon ame qui t'honore.
Encore vn, ma Philis, Adieu iuſqu'au reuoir.
Ph. Que ce deſpart me faſche! Adieu, fay moy ſçauoir
Chaque iour ton eſtat. Flor. Vn autre ie te prie.
Ph. Adieu donc mes amours. D. La belle raillerie!
Fl. Vn autre mon ſoleil. Ph. Mon Floriſel, Adieu,
Qué le ciel te conſerue & te garde en tout lieu,
Tu emportes l'eſprit c'eſt la part la meilleure,
L'ame te ſuit par tout & le corps me demeure.

Doride ſeule.

Hé! que i'ay de plaiſir de voir telle amitié,
Tous deux moitié du tout, & tout de la moitié,
Ayant les qualitez les plus recommandables,
Et qui font les humains icy bas plus aimables.

S'attaquans au combat qu'ils auront de plaiſir
Lors qu'ils contenteront leur amoureux deſir,
Et qu'ils ſeront campez dans vne meſme couche :
Quand ie penſe à cela l'eau m'en vient à la bouche.

Le baiſer eſt ſi doux, on ne s'en peut laſſer,
Quel aiſe deux amans ont de ſe careſſer,
Le baiſer eſt d'amour la douce confiture,
Il eſt plein de myſtere en l'humaine nature.
Quand ſur le bord vermeil les eſprits aſſemblez
Auec rauiſſement ſont doucement collez ;
Ils auroient le pouuoir d'eſmouuoir vne ſouche,
Y penſant tant ſoit peu, l'eau m'en vient à la bouche.

Voyant ces deux amans pouſſez des paſſions,
Sainctement tranſportez de leurs affections,
Qui ſe tirent le ſuc de l'humeur radicalle,
Et le charmeux Nectar que l'vn de l'autre auaale:

Ie me sens toute esmeüe au milieu de mon cœur,
Et croy que ce beau ieu plein de douce liqueur,
Est bien außi plaisant que celuy de la mouche,
Quand ie pense à cela l'eau m'en vient à la bouche.

INTERMEDE.

Phinee & les Harpies.

TROISIESME ACTE.

SCENE PREMIERE.

Heraclite.

LE monde est le charibde, & l'homme est le
vaisseau,
Le monde est l'Aquilon, & l'homme l'ar-
brisseau,
Le monde est le Caucase, & Prometheé est l'homme,
L'ombre du songe vain qui procede d'vn somme,
Vne bulle sur l'onde, vn souffle s'enfuyant,
Le murmure d'vn bois que fait vn air bruyant.
 Des vagues agité, battu des vents terribles,
Et tousiours attaqué des vices plus nuisibles,

L iij

Sur l'incertain des iours il s'en va chancelant,
En diuerses façons le mal le va branlant,
Sans qu'il puisse iouyr, presse de la tempeste,
Non pas vn seul moment d'vne ioye parfaicte.

Les desastres plus grands luy viennent de ce corps,
Du sensible tombeau qui nourrit ses discords,
La boite de Pandore où loge la malice,
La charongne qui marche & le sale edifice,
Dont le valet est maistre en chassant la raison,
Pour se rendre Tyran d'vne foible maison.

Nauigans qui passez aux Syrtes de la vie,
De ceste vie humaine helas n'ayez enuie!
N'ayez enuie helas! de floter longuement
Sur l'Euripe cruel d'vn assidu tourment:
L'homme ne deuroit naistre où ayant prins naissance,
Il faudroit que soudain il perdist son essence.

O pauures pelerins n'estes vous pas lassez
De trainer si long temps languissans, harassez?
Encore, ô grand malheur! dans ces cachots perfides
Condamnez aux trauaux des tristes Danaïdes,
Qui d'vn crible deuoient l'Ocean espuiser,
Vous courez à vos maux vous laissans abuser,
Et vostre esprit confus que l'erreur enueloppe
Prend l'ombre au lieu du corps comme le chien d'Esope.

Vos trauaux infinis, vos mortelles langueurs
De Fortune & du Temps les cruelles rigueurs
Deussent estre vn Astolphe & vous faire plus sages,
Vous rendant le bon sens par tant d'apprentissages.

Se trouueroit-il bien au monde vn animal
Plus foible, plus chetif & plus subiect du mal?
Plus ouuert aux douleurs que ce Polype estrange,

Qui iamais n'est content & tousiours perd au change,
Entre Scylle & Charybde en tous faicts ambigus?
    C'est le plus vil de tous, l'aigle a l'œil plus aigu,
Le cheual est plus fort, le corbeau vit plus d'âge,
Le genereux lion a plus grand le courage,
Le cerf est plus leger, comme il est surmonté
Aux qualitez du corps, de mesme en la bonté.
    Pour la force de l'ame, il a la preuoyance
Moindre qu'vn crocodile, & moins de temperance
Que n'a la tourterelle, & moins d'affection
Que n'a le pelican, & de religion
Moins que les elephans qui leurs testes abaissent
Au soleil l'adorant quand ses rayons paroissent.
    Mais la pluspart du temps l'homme ne daigne pas
Se souuenir de Dieu s'il ne voit le trespas,
Puis le danger passé tant sa malice est grande
Il brise les autels, & souuent plaint l'offrande.
    Il n'a point de repos pendant qu'il court icy,
Il est dedans soy-mesme agité de soucy
Ayant le repentir des choses ia passees,
Et priué du present par des folles pensees.
    Sur tout l'homme est aueugle à cognoistre sa mort.
Qui tousiours est au guet, souuent il est au bord
Se moquant du destin qu'Atropos la cruelle
Parmy les ieux trompeurs luy iette sa quadrelle,
I'assant de bande en bande & le mettant au rang
Des corps qui n'ont plus d'ame & ne battent du flanc.
    De mesme que l'oragé arriue en la bonace,
De mesme qu'vn tumulte esmeut la populace,
De mesme que par l'air s'esleue vn tourbillon,
Tout de mesme la mort porte le resueillon.

Elle vient tout à coup nous tirer par l'oreille,
Mais parmy les plaisirs toustours le sage veille.
* Pleurez donc auec moy miserables mortels,*
Qui viuez icy bas comme estans immortels,
Sans regarder la fin qui vient precipitee,
Et trompe les discours du fol Epimethee:
Ce lourd entendement plein d'imperfection,
Qui fuit le iugement & suit la passion.

SCENE SECONDE.

Philis. Doride. Olinde. Le Messager.

Sophonie.   Andronique.

Philis.

IL n'est rien sous le ciel que l'esprit imagine
Plus doux, plus excellent qu'vne flamme diuine,
Quand deux cœurs sont bruslez de reciproque ardeur,
Les esprits espurez de celeste splendeur
S'embrasent sainctement, se ioignent & s'vnissent,
Et vaincus & vainqueurs eux-mesmes se rauissent.
* A si rare vnion, à si rares clartez*
On sauoure le miel de quelques voluptez,
Voluptez de l'esprit que lon ne sçauroit dire,
Puis à ce Paradis nostre ame se retire,

Et hors de cest enclos elle n'a plus de goust,
Enfermee en soy-mesme aueugle & sourde à tout.
   I'ay de mon Florisel la rauissante idee,
Ie suis de cest obiect tellement possedee,
Et tellement en luy que sans fin ie le voy:
Ie ne pense qu'en luy, ie l'entretiens, ie l'oy
Qui discourt, qui se rit, & par ceste peincture
Aux desirs languissans ie donne nourriture,
Et de ce doux plaisir l'esprit est si gourmand,
Que ie ne voy que luy, non pas mesme en dormant :
   Pour bien m'entretenir i'aime la solitude,
Et mesure le temps à mon inquietude,
Mesure qui le fait si tardif & si lent,
Et ie ne sçay pourquoy lon nous le peint vollant.
Dor. Il se faut diuertir & se donner carriere.
Ph. Diuertir? se priuer de si douce lumiere!
Et c'est de tous plaisirs celuy qui m'est plus doux.
D. Vous direz autrement l'ayant pour vostre espoux:
Hé! n'estoit-il pas gay? hé Dieu qu'il estoit aise!
Ol. Nous l'estions bien aussi, mais qu'il ne vous des-
D. Le iour auant partir il ne fit que sauter,		(plaise.
Voltiger & danser, escrimer & luicter,
Rauy d'auoir Philis, d'amour toute affollee,
Qui paroissoit ainsi qu'à la troupe estoillee
La brillante Venus, & par sa gayeté
Se surpassoit soy-mesme en grace & en beauté.
Ol. Il se faut esueiller, quelle melancholique!
Elle s'entretient là comme toute extatique.
D. Quand on a le bon temps on n'en sçait pas iouyr.
Ol. Et puis sans y penser on se le voit rauir.
D. Se seruir du present, ô la belle finesse!

								M

Ol. *C'est ie croy des humains la plus grande sagesse.*
D. *Cependant on le perd soy mesme se perdant.*
Ol. *Et les fruicts les plus seurs pourrissent attendant.*
D. *L'homme se rend ainsi luy mesme miserable,*
Ol. *Et se priue de l'heur qui est plus desirable.*
D. *Pour bien passer le temps il le faut mesnager.*
Ol. *Le prendre quand il vient de crainte du danger.*
D. *Danger qui tousiours pend sur la teste des hommes,*
Et mesmement au temps miserable où nous sommes,
Fuy loin de Florisel. Quel homme est cestuy-cy,
Suant & haletant, tout poudreux? Ph. *Vn soucy,*
Quelque mortel glaçon la poictrine me gele,
Ie frissonne de peur. D. *L'amy quelle nouuelle?*
Il est tout esperdu. Ol. *D'où viens-tu, que dis-tu?*
Mess. *O malheur!* Ph. *Ah! ie treble.* M. *Il est mort*
        abbatu.

Ol. *Que parles-tu de morts?* Mes. *O maudicte iournee!*
Ph. *Le cœur me bat si fort.* M. *Cruelle destinee.*
D. *Hé! parle si tu veux.* M. *O que ne suis-ie mort!*
Ph. *O Dieu mon Florisel.* D. *Il se bat & se mord.*
M. *Timarque & Florisel s'en allans.* Ph. *Ie me pasme.*
Mess. *Ont faict quelque rencontre.* Ph. *Ah! ie vay*
        rendre-l'ame.   (dars
D. *Attendez ce n'est rien.* M. *Quelques traistres sol-*
Les sont venus charger. D. *C'estoient quelques pendars*
Qui n'auroient pas le cœur. Ph. *Doride ie trespasse.*
M. *Florisel escartant toute la populace*
A passé brauement. D. *Oyez.* Ph. *Le cœur me faut.*
M. *Il a prins vn soldat.* Ol. *Il a le cœur si haut.*
M. *Et luy donnant la vie il a veu quelque troupe*
Qui auoit prins Timarque & l'amenoit en croupe,

Il a pouſſé ſoudain pour le deſengager
Ceſt ingrat, ce perfide. D. *Ah! ie crains le danger*
Ph. *Hé que ne ſuis-ie morte!* M. *Et qui tenoit la vie*
De ce guerrier, pouſſé d'vne infernalle enuie,
L'a d'vn plomb malheureux percé tout à trauers,
Pourtant il n'eſt pas mort. Ph. *O Dieu de l'vniuers,*
Ne le ſuiuray-ie pas mon Flor. D. *Elle eſt paſmee,*
Les aiſes des mortels ne ſont qu'vne fumee,
Du vinaigre, de l'eau, ô meſchef! ô malheur!
M. *Infortuné deſaſtre!* D. *Eternelle douleur!*
Courage ma petite, elle eſt toute glacee.
M. *O Dieu quel accident!* D. *Son ame l'a laiſſee*
Sans poux, ſans mouuemēt. M. *Pourquoy ſuis-ie venu?*
D. *Si faut-il à la fin que le mal ſoit cognu.*
Elle reuient à ſoy, Philis prenez courage,
Le Pilote paroiſt au plus fort de l'orage.

Philis.

Floriſel ie reſpire encore en ces bas lieux,
Cependant que tu es vn nouuel aſtre és cieux.
Que veux-ie plus tarder? Mon ame te va ſuyure,
Priuce de mon Tout pourroy-ie encore viure?
Non non, ie veux mourir pour finir mon tourment,
Et ne dois receuoir autre ſoulagement.
D. *Tenez là.* Ph. *Paſle mort, ombres impitoyables,*
Gouffres des creux manoirs, prodiges effroyables.
D. *Les malheurs non preueus ſont la touche des cœurs,*
Et les plus genereux demeurent les vainqueurs. (re?
Ph. *Que n'eſt mon ame en haut & mō corps en pouſſie-*
Qu'ay-ie affaire des yeux n'ayant plus de lumiere?
Qu'ay-ie affaire de cœur ne pouuaut plus aimer?
Dor. *Quand il eſt exceſſif le dueil eſt à blaſmer.*

Ph. *Quoy de l'ame n'ayant aucune cognoissance?*
Quoy d'esprit? quoy de corps? n'ayant nulle puissance,
Quoy de vie estant morte à iamais aux plaisirs?
Quoy de l'espoir menteur veufue de tous desirs,
Si ce n'est de la mort? de ceste mort cruelle
Qui voulut arracher vne plante si belle.

Ayant perdu celuy qui causa mon amour,
Celuy qui pour luy seul me fit aimer le iour.
Pourrois-ie viure encore, & seroit-il possible
Que l'esprit habitast la masse corruptible?

Nous estions attachez par quelque nœud fatal,
Mesme aspect dominoit à nostre iour natal,
Ie n'aimois rien que luy parfaictement aimee,
Ces rares qualitez m'auoient toute enflammee,
Tous deux n'auions qu'vne ame infuse dans deux corps,
Vnis par elle mesme en de si doux accords.

Fortune qui iamais ne marche sans enuie,
Deux vies a destruict en vne seule vie,
A l'Orient de l'aise, Orient amoureux,
Et maintenant, helas! Occident malheureux:
Occident plein d'horreur, de cruelles trauerses,
De souspirs, de sanglots & de peines diuerses.

A l'Orient de l'aise apres tant de tourmens,
Tous prests à contenter nos saincts embrasemens,
A l'Orient de l'aise, ô sort impitoyable!
Tous deux prests à cueillir le fruict le plus aimable.

Au moins si mesme coup m'auoit percé le cœur,
Le cœur qui fut vaincu par si digne vainqueur,
Le sort seroit egal & nos ames vnies,
Ie ne sentirois point ces peines infinies.

Au moins si mesme plomb eust mon corps trauersé,

Comme le traict d'amour dont l'esprit fut bleßé,
Par ceste iuste loy l'ame seroit contente,
Et ie me trouuerois de tant d'ennuis exempte :
Mais il faut que ie sois comblee de malheurs,
Sans esperer iamais la fin de mes douleurs.

Le Printemps verdira bigarré de fleurettes,
Tout riant & tout gay tapißé des herbettes,
Pleine de mille ennuis Philis lamentera :
De ses iaunes moißons l'esté se parera,
La terre monstrera tant d'exquises richeßes,
Et Philis ne verra qu'vn monde de tristeßes.

L'Automne couronné des fruicts plus sauoureux
Fera voir aux humains ses thresors plantureux,
Et Philis n'aura rien, de tout aise bannie,
Que l'hyuer languißant d'vne peiné infinie,
Hyuer triste & obscur plein d'horreur pour ses yeux,
Puis que son beau soleil s'est caché dans les cieux.

Florisel alluma le brasier en mon ame,
Ame pure, ame vierge, & loin de toute flamme,
Comme il fut le premier qui l'esmeut chastement,
Reçcuez par sa mort l'eternel monument,
Mes desirs, mes desirs ne brusleZ plus au monde,
Ne brusleZ iamais plus d'vne flamme seconde.

Quoy monde? quoy desirs? quoy flamme? ô vanité
Dire encore ces mots en mon obscurité !
Pleurs, souspirs & langueurs, & mille morts cruelles
Soient maintenant pour moy les paroles plus belles.

Bien tost l'ame laßee en ce corps languißant
Suyura son bel obiect au roict resplendißant,
Le ciel aura l'esprit qu'vne prison enserre,
Nos pleurs seront à l'onde & mon corps à la terre,

Tous mes souspirs à l'air, mais ce cœur abbatu
S'en ira vers celuy qui fut plein de vertu.

  Hé! que tarde-ie plus, que tarde-ie chetiue?
Il est au rang des morts, ie suis encore viue.
Il ne respire plus, ie prens encore l'air !
Il est au grand silence, & lon m'entend parler !
Il n'a plus de chaleur, & encore eschauffee
De nos amours passees ie veux faire trophee!

  Ma moitié ie t'enuoye aux planchers æthereZ,
Mon Tout, non ma moitié, mes vœux desesperez,
Je t'appens donc mes vœux, vœux de larmes ameres
Les dernieres d'amour, de mes maux les premieres,
Et dernieres pour tout si par cris, si par deuil,
On peut en lamentant entrer au froid cercueil.

  Ce corps bien tost lassé pour n'auoir nourriture,
Suyuant le train commun deuiendra pourriture,
Dans luy n'entrera rien qui le puisse empescher
Que l'impiteuse mort ne le vienne arracher.

  L'esprit rauy de ioye à la fin du voyage
Joindra pour tout iamais ce gracieux image
Dont il estoit esprins, qui seul estoit mon sort,
Qui seul estoit ma vie, & seul estoit ma mort.
Il faut, il faut mourir. Dor. *De quelle frenesie,*
Et de quelles fureurs las estes-vous saisie?
Tous les euenemens se peuuent supporter.
Ph. *Les malheurs non preueus nous peuuent transpor-*
Dor. *Il faut estre paré contre toute fortune.*   (ter.
Ph. *L'homme peut bien preuoir vne perte commune,*
Mais vn euenement qui vient d'vn pied leger,
Qui le pourroit souffrir? qui le sçauroit iuger?
Dor. *Aux coups desesperez vn grand courage espere,*

Ph. *L'espoir ne se voit point à l'extreme misere.*
Doride.

Mais quoy? il n'est pas mort, ains blessé seulement,
Fh. *Je sens dedans mon cœur vn secret mouuement,*
L'esprit est tout diuin qui me dit le contraire,
Et de ce dur penser ie ne me puis distraire,
L'esprit est tout diuin, il m'asseure sa mort.

Je sens dedans mon ame vn eslans, vn effort,
Vn glaçon qui m'asseure en courant par mes veines,
Qu'il a finy ses iours pour commencer mes peines,
J'ay senty separer nos esprits dans le sang
Par quelque fer aigu qui m'a nauré le flanc.

Sophonie.

Ma fille il n'est pas mort, ce n'est qu'vne blesseure,
Dont il sera guary bien tost ie t'en asseure,
Ce n'est qu'vn peu de mal, il n'a point de danger,
Allons il s'en va nuict, il faut vn peu manger.

Philis.

Il est bien nuict pour moy, nuict obscure & mortelle,
Vne nuict de malheurs, nuict triste, nuict cruelle,
Pleine d'horreur, de cris & de calamité,
Ayant mes yeux priuez de leur belle clarté,
Clarté qui m'animoit & qui m'oste la vie,
Clarté pleine de ioye, ores d'ennuis suyuie,
Clarté miroir de grace, ores subiect de pleurs.

Sophonie.

Si faut-il bien manger. Ph. *O mortelles douleurs!*
Manger helas! pour qui? pour qui ne veut plus viure,
Qui ne peut, qui ne doit, qui son esprit va suyure?
Son esprit qui l'appelle & triste & souspirant,
Luy monstre le chemin aux ombres s'encourant?

PHILIS,

En renuerſant les yeux les eſprits s'en allerent,
Le Silence & le Dueil ſur ſa bouche logerent.
Ol. A l'eſtrange accident! elle a tout entendu.
D. A ce petit recit ſon cœur s'eſt tout fondu.
Ph. Quoy? ie ne puis mourir, hé que ie ſuis poltron.
Poltrone, non pluſtoſt vne ourſe, vne lionne,
Sans amour, ſans pitié, nee d'vn froid rocher:
Car ſi i'auois vn cœur faict de ſang & de chair,
Il ſeroit conſumé, cuict & reduict en cendre.
Andr. Voila les bracelets qu'il m'a commandé rend
Ph. Arres du ſainct amour, arres du ſainct lien
De celuy qui eſtoit ma gloire & mon ſeul bien,
De mes pudiques feux teſmoins irreprochables,
Maintenant de mon ſort les marques lamentables.
Vous vous ſentez auſſi gages ſi precieux,
Des foudres, des eſclats du deſtin enuieux.

   Vous fuſtes de ma foy ſymboles infaillibles,
Ores marques de dueil & de maux indicibles,
Certitude d'amour & de ma paſſion,
Ores triſte ſuiect de toute affliction.
Je vous reprens, ô Ciel regarde ma deſtreſſe,
Vous voyant, vous touchant que de douleur me pre

   Vous fuſtes d'autresfois aliment de l'eſpoir,
Vous l'eſtes maintenant du triſte deſeſpoir.
O ſang de Floriſel! que ie ſerois heureuſe
D'aller en te baiſant dans la cauerne ombreuſe.

   Au moins ſi Floriſel euſt pris quelque autre fin
Au moins ſi Floriſel euſt trouué ſon deſtin
Eſtant aux premiers rangs d'vne puiſſante armee,
Portant deſſus ſon front la fureur allumee
D'vn eſcadron ſerré paſſant tout à trauers,

Tonnant & foudroyant, mettant tout à l'enuers.
Soph. *Ne pleure plus m'amour, console toy ma belle,*
On a serré son cœur là bas en la chapelle.
Ph. *On a serré son cœur, on l'a mis à couuert,*
Et à tous les malheurs i'auray le mien ouuert,
Il sera conserué de toutes les iniures,
Et le mien sentira les peines les plus dures :
Il goustera la paix n'ayant plus de debat,
Le mien sera tousiours au plus fort du combat.

Ainsi que vous voyez sur ce sang mon dommage,
Qui ouurira son cœur y verra mon image,
Ouurage tout diuin, d'amour, d'honneur, de foy,
Car i'estois tout en luy, il estoit tout en moy.

Il est tout en mon ame, où la vertu si belle
Façona de sa main l'image perennelle.
Elle choisit par art les plus viues couleurs,
Mit les traicts plus hardis des plus rares valeurs,
Le relief esclatoit, mais les ombres funebres,
O sang, ô dueil, ô mort le couurent de tenebres.

Le ciel nous auoit ioincts d'vne estroicte amitié,
Le tombeau m'a rauy mon tout en ma moitié,
Nous estions pleins d'espoir, mais le sort & l'enuie,
O sang, ô dueil, ô mort ont arraché ma vie.

Ceste belle lumiere à mes yeux esclaira,
Ie la vis, ie l'aimay, mon ame l'adora,
L'admirant, l'adorant, par la mort non preueue,
O sang, ô dueil, ô mort ie la perdis de veue.

Le cœur premier viuant & le dernier mourant,
Roy, Pilote, Soleil pour tout le demeurant,
Commande, guide, eschauffe & la moindre blessure
Luy fait voir auec tout la froide sepulture :

N ij

PHILIS,

O cher cœur Roy des cœurs quelle barbare loy!
Eſtant ſans mouuement que ie viue ſans toy?
Que ie viue ſans toy qui ſeul me faiſois viure,
Et qu'il ne ſoit permis que ie te puiſſe ſuyure!
D. Ie croy que vous ferez à la fin vn eſtang,
Ph. Et puis ie verſeray les eſprits & le ſang,
Et le corps n'ayant plus de vigueur ny de force,
Sec & ſans mouuement ne ſera qu'vne eſcorce.
Que ie le voye mort. D. Que vous profitera?
Ph. Quoy? ſoudain le voyant l'ame me quitera.
Que ie baiſe ſon corps! D. Afin de rendre l'ame!
Ph. Puis nos corps ſeront mis ſous vne meſme lame,
Hymen infortuné de deux parfaicts amans
Qui n'ont eu que les fleurs des vrays contentemens:
Hymen infortuné plein de toute amertume,
Pour moy qui ay le cœur forgé de quelque enclume.
D. Quand le remede eſt vain de peu ſeruent les pleurs,
Ph. Et voyla le ſurgeon de toutes les douleurs:
S'il y auoit remede on auroit du relaſche,
Ceſtuy-là n'eſtant point c'eſt ce qui plus nous faſche.
D. Il ne faut conteſter contre l'arreſt diuin.
Ph. Le Ciel ne defend pas de pleurer ſon deſtin.
D. Toute plainte exceſſiue eſt de luy condamnee.
Ph. Au contraire d'enhaut ie la trouue ordonnee.
On pleuroit trente iours vn homme d'Iſraël,
Et ie n'en auray pas vn ſeul pour Floriſel,
D. On en blaſme l'excez qui paſſe la nature.
Ph. Ce n'eſt qu'vn dueil commun s'il a quelque meſure.
D. Floriſel eſt au ciel content & bien heureux.
Ph. En cela ie cognoy mon ſort plus rigoureux,
Puis qu'il faut que ſans luy, ô meſchef, ie demeure:

Et sans pouuoir mourir que mille fois ie meure.
D. Le dueil accroist ainsi faute de iugement.
Ph. Qui ne plaint comme il faut n'a point de sentiment.
D. C'est foiblesse de cœur. Ph. Mais plustost c'est hau-
D. Vne pure folie. Ph. Vne pure sagesse.   (tesse.
D. De s'affliger ainsi c'est vne lascheté.
Ph. Et ne plaindre ces maux vient de brutalité,
Je ne puis plus durer il faut que ie finisse.
D. La fin n'est pas en nous ainsi que la malice.
Ph. D'vn coup comme Thisbé i'arresteray tous maux,
D. Les poltrons seulement tombent à ces assaux,
C'est vn propos de folle, hé! que voulez-vous dire?
Ph. Ie me veux par vn coup oster de ce martyre,
Mais sçauroit-on faillir pour chasser ses ennuis?
D. Nous sommes confinez en ces mortelles nuicts,
Et sans l'exprez rappel de l'Empereur celeste
Nous ne deuons laisser le mal qui nous moleste.
Ph. Hé quelle lascheté de ne pouuoir mourir!
Hé! que tarde-ie plus? venez moy secourir,
Ombres des creux manoirs, accourez à ma plainte,
Et que sans retarder ma vie soit esteincte,
Esteincte tout à coup, puis l'esprit s'en courant
Ira vers Florisel qui l'attend souspirant:
Florisel mes Amours, mon agreable idole,
Allez y donc mon cœur & que l'ame s'enuole,
A mon cher Flor. D. Hé Dieu, hé Dieu tenez la
    bien!
Andr. Quelle perte! elle meurt, ô mortels, ce n'est rien
Que des aises mondains dont lente est la venue,
Et le retour ailé passe comme la nue.

SCENE TROISIESME.

Olinde.   Doride.   Philis.

Olinde.

Que ie souffre de mal de son affliction,
Hé! qui iamais a veu semblable passion?
Trois iours se sont passez depuis ceste aduenture
Que ma sœur n'a voulu prendre sa nourriture:
Le discours, le conseil sont des remedes vains,
Quand le ciel rigoureux veut punir les humains.

Sans dormir, sans manger elle est tousiours pleurante,
Elle a faict de ses yeux vne source coulante,
Vn vent de ses poulmons, vn abysme profond
De son pauure cerueau qui se perd & se fond,
De sa voix vn echo qui lamente sans cesse,
Elle est pour bien parler vn gouffre de tristesse.
Dor. Olinde quand ie pense à ce noir accident,
Helas! il m'est aduis que l'on me va fendant
Le cœur par le milieu, ou qu'auec des tenailles
Deux bras forts en serrant m'arrachent les entrailles.

Mais auez vous pris garde à ceste nouueauté?
Vous sçauez que deuant telle calamité
Philis estoit craintiue, & n'osoit la pauurete
Depuis qu'il estoit nuict faire trois pas seulette.

Elle auoit peur de l'ombre, au moindre mouuement
Elle fremissoit toute auec vn tremblement:

Ores la nuict luy plaist, elle n'est plus craintiue,
Et ne veut & defend que personne la suyue.
La voicy cachons nous, oyons qu'elle dira.

Philis.

Ie cerche Florisel, qui me le monstrera?
Desia durant trois nuicts confuse & deploree
Ie le cerche par tout comme desesperee,
Sans dormir en courant d'vn & d'autre costé,
Esperant le trouuer parmy l'obscurité:
Car on nous peint la mort noire, triste, effroyable,
Et lon sçait qu'elle a prins Florisel tant aimable.
Ie l'appelle, ie crie, & ne le sçaurois voir,
Et pour moy les demons ne monstrent leur pouuoir.

Si ie ferme les yeux en sursaut ie m'esueille,
Au moindre petit son qui frappe à mon oreille
Ie tire le rideau iettant mes bras dehors,
Ie demande si c'est son esprit ou son corps.

Apres ouurant les yeux fixement les arreste,
Le priant, l'exhortant, mais ceste ombre muette
Ne respond à mes cris, ie saute vistement
Et la veux embrasser, elle fuit promptement:
Mais pourroy-ie trouuer aux tenebres hideuses
Celuy qui reluisoit des vertus glorieuses?

Maintenant ie le veux cercher auec le iour,
C'est auec le soleil qu'il doit faire seiour:
Il estoit vn soleil de beautez agreables,
Reluisant, esclatant des rayons plus aimables:
Mais helas ce Soleil est maintenant és cieux!
Et luit à mon esprit & non pas à mes yeux.

Non, c'est au feu qu'il est, car il auoit son ame,
Son sang & ses esprits & son cœur tout de flamme,

Il eſtoit tant agile, actif & vigoureux,
(Ce ſont effects du feu:) mais le ſort malheureux
Eſteignant de ce feu la brillante lumiere,
L'a couuert pour iamais de cendre & de pouſſiére.
    Non! c'eſt en l'air qu'il eſt, on l'accompare au ſang
Nul animal ſans luy ne peut battre du flanc,
Il eſtoit iouial & d'vne humeur ſi gaye:
Mais helas tout le ſang ſortit par vne playe!
Il ne reſpire plus, & ſans nul ſentiment
Eſtendu de ſon long il giſt au monument.
    Non! c'eſt dans l'eau qu'il eſt, car l'onde eſt traſparãte,
Il eſtoit ſans nul fard, & puis la mer bruyante
Les perles, comme on ſçait, va cachant au dedans,
Les perles en blancheur n'egalloient pas ſes dents:
Ie me trompe, il ſeroit en mes larmes cruelles,
Et parmy l'Ocean de mes peines mortelles.
    Mais non, c'eſt ſur la terre, il eſt parmy les bois
Des Nymphes eſcoutant les ſeduiſantes voix.
Il a ſa taille droicte ainſi qu'vn pin ſauuage.
Hé que dis-tu Philis? la mort qui tout ſaccage
Le coupa l'autre iour & le fit tresbuſcher,
Tu fuſſes morte au bruit ſans ton cœur de rocher.
    Non, il eſt aux iardins ou bien parmy les prees,
Son front eſtoit de lis & ſes ioues pourprees,
De roſes & d'œillets, ces deux coraux ſi vifs
Eſtoient de la Nature és maux gais & naïfs.
Mais las ces belles fleurs ſi rares, ſi vantees
Ont fleſtri, ont ſeché par l'hyuer tempeſtees.
    Soleil, Perles, Pin, Lis, Roſes, Oeillets, Coraux,
Hé vous ayant perdus que ie ſouffre de maux!
La nuict, le feu, le fer, le froid, la ſechereſſe

De là Parque ont esteinct, fondu (quelle rudesse!)
Coupé, fany, noircy vos celestes chaleurs,
Vos neiges, vostre corps, vos boutons, vos couleurs,
Et ie ne puis mourir chetiue langoureuse,
Et ie ne puis mourir tant ie suis malheureuse.

   Ceste nuict que i'auois tout l'esprit transporté
En oyant quelque bruit parmy l'obscurité,
I'ay tiré le rideau, puis la teste haussee
Je disois rudement de ma douleur pressee,
Parle, approche demon, ange, qui que tu sois,
Ombre, larue, lutin, quoy! n'oy-tu point ma voix?
Si c'est toy Florisel vien çà que ie t'accolle:
Ma sœur lors me disoit que i'estois vne folle,
Que ie luy faisois peur, qu'elle me quiteroit,
Et plus en mesme lict elle ne coucheroit.

   Alors ie vis en l'air vne image pendante,
Le front net, les yeux gris à la face riante,
Comme du vermillon les leures rougissoient,
Plus que le lys des champs les deux mains blanchissoiët.

   C'estoit mon Florisel, mais plustost sa figure,
Son ange, ou bien c'estoit vne forte peincture
De l'imaginatiue en mon foible cerueau:
Pauurette c'estoit luy! hé qu'il paroissoit beau!
Joyeuse i'approchois de ceste ombre agreable
Quand iouys tout soudain ce propos lamentable.

L'ombre de Florisel.

Ne fay plus à toy mesme vne si dure guerre,
Philis ne baigne point de larmes tes beaux yeux:
Tu cerches Florisel, son corps est sous la terre,
Son renom est par l'air, & son ame est aux Cieux.

O

P H I L I S,
Le Temps, la Mort, la Deftinee
Confument toute chofe nee.
La terre, l'air, le ciel en ont faiƈt le partage,
Chacun a prins fon droiƈt & bien diuerfement,
L'vn commun, l'autre moins, mais le grand heritage
Aux fauoris du ciel efchoit tant feulement.

Le Temps, &c.

La terre tourne en terre, & le corps n'eft que poudre,
La gloire eft vn peu d'air, & ceft air vanité:
L'amé ne cognoift rien qui la puiffe diffoudre,
Elle tient ce rayon de la diuinité.

Le Temps, &c.

Chaffe donc ma Philis, chaffe toute amertume,
Si onques tu m'aimas oƈtroye moy ce bien:
Confole-toy Philis & plus ne te confume,
A dieu, ie fuis du ciel & ne puis eftre tien.

Le Temps, la Mort, la Deftinee
Confument toute chofe nee.

Philis. *Ie recogneu fa voix, ie me trouuay rauie,*
Certes ie le voyois tel qu'il eftoit en vie:
Ie m'approchay trois fois afin de l'accoller,
Et fon ombre ie vis trois fois fe reculer.

Ie la voulois baifer, puis mourir bien heureufe:
Mais ie perdis foudain cefte figure ombreufe
Qui pipoit mon efprit, fantofme deceuant,
Et ne trouuay pour tout que le vuide & le vent.

Il me femble qu'il diƈt es-tu encore viue?
Donne moy, dis-ie lors, la main que ie te fuyue,
Mon amy tu me fuis, pourquoy vas-tu fans moy?
Tu vis fans ta Philis, elle fe meurt fans toy,
Fay noftre fort egal, noftre amour fut egale,

Et permets qu'auec toy aux manes ie deualle.

Mais helas c'est en vain que ie verse des pleurs!
Pleurs, souspirs & sanglots & cuisantes douleurs ,
C'est en vain que ie plains, en vain que ie conteste,
Puis que ie sçay qu'il est à la maison celeste:
Et luy mesme m'a dict qu'il ne peut estre mien.
Ol. *Sortons, prenons le temps, Doride tout va bien.*
Dor. *Serez vous donc tousiours à vous mesme cruelle?*
Vous consumerez vous de peine assiduelle ?
Puis qu'il est tout du ciel il ne peut estre à vous ,
Sçauroit-il habiter en vn seiour plus doux?

Il se faut resiouyr du bonheur qu'il possede,
Pour chasser vos douleurs c'est l'vnique remede ,
Il n'est ny sien ny vostre & vous l'ouistes bien
Quand luy mesme vous dict, ie ne puis estre tien.
Ph. *Helas! que nostre sort, Doride, est dissemblable,*
Et c'est le seul regret qui maintenant m'accable,
Il ne peut estre mien, ie ne puis estre à moy,
Et ie suis toute à luy, d'esprit, d'amour, de foy.

Ie ne suis donc plus rien qu'vne ombre vagabonde:
Mais l'ombre ne sent rien i'ay tous les maux du monde,
L'ombre n'est sans le corps, son corps est au tombeau,
L'ombre n'est sans lueur, & mon astre si beau
Retirant ses clartez n'a laissé que tenebres,
Me remplissant de cris & de plaintes funebres.

O sort trop inegal, dure fatalité,
Ie ne puis supporter ceste disparité,
Nos corps sont separez, nos ames sont ensemble,
L'amour nous auoit ioincts la mort nous [desassemble],
Nous n'auions qu'vn desir, nous auons diuers lieux,
Ie respire, il est mort, l'vn çà bas, l'autre és Cieux.

Ol. *Ceste nuict en dormant d'vn fort sommeil pressee,*
Vostre perte & vos maux ayant en la pensee,
Il me sembloit le voir qui partoit de ce lieu
Me tenant tel propos en me disant adieu,
Vous ne me verrez plus, il faut que ie m'en aille,
Et c'est le desplaisir qui mon ame trauaille.

  Mais pourquoy nous veux-tu, disois-ie, donc laisser?
Alors ie l'ay senty de ses bras me presser,
Me donnant vn baiser aussi froid que la glace:
Ie me suis esueillee à l'instant toute lasse,
Troublee de ce songe & de ma passion,
Tant l'effort estoit grand de ceste impression.
Ph. *Si i'eusse faict tel songe a! ie serois contente,*
Car mon ame eust gagne la voulte esteincellante,
Pendant que les esprits traçoient d'vn fort crayon
Dans le cerueau confus mainte ombre & maint rayon.
Le sens eust defailly par l'imaginatiue,
L'ame seroit là haut, ie ne serois plus viue,
On eust trouué ce corps au matin estendu,
Et i'aurois recouuré celuy que i'ay perdu.
D. *Philis vostre douleur vient d'vne resuerie.*
Ph. *Elle pourroit ainsi d'vn songe estre guerie,*
Mais il faudroit qu'il fust pareil à cestuy-cy,
Pour m'oster à iamais de peine & de soucy.
D. *Vous nourrissiez vos maux d'vne humeur fantasti-*
Ph. *Ouy, ie les nourris d'humeur melancholique, (que.*
Humeur dont ie regorge, agreable aliment,
Puis que ie doy trouuer par luy le monument.
D. *Il se fait amortir, non croistre son martyre.*
Ph. *Il faut donc n'estre plus, car ie le trouue à dire*
Par tout, à tout, pour tout, haut, bas, dedans, dehors,

Et n'en sçauroù iouyr qu'à la troupe des morts.
D. *N'attendez point le temps, vsez de la sagesse.*
Ph. *Qui s'en aida iamais en l'extreme destresse?*
D. *Le fol se sert du temps au lieu de la raison.*
Ph. *Un grand mal ne cognoist prudence ny saison.*
On a beau discourir c'est la mer Oceane,
Et le plus fin de tous y perd sa Tramontane,
Il s'y troùue confus, le pied mal asseuré,
Les yeux tous esblouys, l'esprit tout esgaré,
De flegmes estouffans l'estomac luy sousleue,
Il luy faut rendre gorge ou que soudain il creue.
Qui ne sent point de mal donne de bons aduis.
De quel sage iamais ont-ils esté suiuis?
　Vous me parlez du temps qui destruit toute chose,
Il est vray le mortel, de luy seul il dispose:
Sous les armes d'Amour qui vient de la vertu,
Terrassé sans vigueur il gemit abbatu.
　A cest esclat diuin il se tapit de crainte,
Tel est le sainct amour dont Philis fut attainte,
Qui ne veut, qui ne sçait luy rendre aucun deuoir,
Et, fier, combat, abbat tout effort, tout pouuoir.
D. *En fin le temps destruit toute chose mortelle.*
Ph. *Mais pour aller plus haut il n'a pas bonne l'aile.*
Dor. *Il n'est rien d'immortel que l'ame seulement.*
Ph. *Ses desirs, ses effects le sont pareillement.*
Dor. *Il n'est des accidents comme de la substance.*
Ph. *C'est de mesme tousiours quãd c'est de mesme essēce.*
D. *L'accident est changeant, le suiect tousiours vn.*
Ph. *Non pas l'accident propre, ouy bien le commun.*
D. *Son action se perd & la cause demeure.*
Ph. *Les belles actions rendent l'ame plus pure.*

PHILIS,

D. *Par la longueur des ans on voit tout abbatu.*
Ph. *Horſmis l'amour parfaict qui vient de la vertu.*
D. *Tout amour des humains en fin eſt periſſable.*
Ph. *Il eſt vray par la mort qui eſt inexorable.*
D. *Ie dis par l'inconſtance & non par ſon effort.*
Ph. *Ce ſainct Amour n'eſt pas de ſi petit reſſort.*
Il eſt haut eſleué ſur elle & ſur Fortune,
Et iamis n'eſt ſubiect au retour de la lune.

   Des aſtres, des ſaiſons, des vents, des elemens,
Les aſpects, les retours, les bruits, les mouuemens,
Touſiours luiſans, diuers, puiſſans & admirables
Suiuront le train ailé des eſſences muables.
Philis ſans alterer ſa belle affection
Aimera Floriſel pour ſa perfection.
Parmy tels changemens comme vn pole immobile.
Le changement ne peut que ſur l'ame debile.

   Ie l'auray dans le cœur, dans l'eſprit, dans les yeux,
Ie verray ſon portraict en la terre & aux cieux,
De ſes dignes vertus i'auray touſiours l'idee,
D'vne image ſi belle à iamais poſſedee,
A ſon ombre ſuyante, à ſon vrne, à ſes os
Logeant pour tout iamais ma gloire & mon repos.

   I'auray dans mon eſprit ceſt eſclairant empire,
Sans que l'ame autre bien imagine ou reſpire :
Là ie feray ma Court, ce ſera mon threſor,
Mon palais glorieux faict tout d'aʒur & d'or,
Baſtiſſant des penſers vn paradis celeſte,
Et pour me contenter ie fuiray tout le reſte .

   A ce palais d'amour l'aʒur marque la foy,
L'or eſt là fermeté que l'ame tient en ſoy :
L'vn l'honneur des couleurs & du ciel la parure,

L'autre le plus parfaict œuure de la Nature.
L'vn monstre la vertu que Florisel orna,
L'autre la fermeté que l'amour me donna,
Luy precieux azur des vertus immortelles,
Elle l'or le plus pur des flammes les plus belles,
Or ferme tout exempt de la corruption :
Mais trop, ô Florisel, en ceste affliction,
Trop, veu que ie ne puis aux larmes le dissoudre,
Afin de voir ce corps à la fin mis en poudre.
Ol. *Elle s'en va pleurer, helas quelle pitié !*
D. *Pourroit-on bien trouuer vne telle amitié ?*
I'ay le cœur tout serré de cruelle tristesse,
Quelque rocher massif les entrailles me presse.
D. *D'amour & de vertu c'est vn puissant effect,*
Les humains ont-ils bien de desir plus parfaict ?
Vous meritez, Philis, la palme triomphante,
Sur celles qu'on celebre & que l'histoire vante,
Elles n'eurent iamais vn tel amour que vous,
A leurs afflictions le destin fut plus doux :
Il leur estoit permis de finir leur misere,
Mais pour vn tel forfaict le ciel vous est contraire.
Ol. *Rien ne s'est veu d'egal parmy l'antiquité.*
D. *Vn renom immortel Philis a merité,*
Elle surpasse en tout les Greques & Romaines,
Qui voudra bien peser son ardeur & ses peines,
Il ne se trouue rien qu'on puisse accomparer
A ce parfaict amour qui la fait souspirer.
Cornelie, Portie & autres grandes femmes
Que l'on voit exalter par les plus belles ames,
Et celles que la fable esleue sur les cieux
Luy cederont tousiours le myrthe glorieux.

P H I L I S,
Quand par le cours fatal dedans la sepultu
On aura mis vn iour ce thresor de Nature,
Sans doute on y verra courir de tous costez
Pour honorer Philis, ses vertus, ses beautez,
Et cest amour si rare estincellant de gloire.

On y verra porter images de victoire,
Guirlandes de laurier & de myrthe enlassez,
Et de diuerses fleurs les bouquets entassez,
De roses, d'amarathe & de coing pesle mesle,
Et ceste feste-là sera perpetuelle.
Sur ce tombeau sacré seront grauez ces vers
Qui dureront autant que sera l'vniuers.

En beauté, grace, amour & vertu nompareille
De celles de son temps Philis fut la merueille:
Mais laquelle excella par vn plus rare effect,
On ne le sceut iamais, car tout estoit parfaict.

Ol. *Et puis voila la fin, le terme de la vie.*
D. *Vie de tant de maux & de peines suyuie.*
Ol. *Ainsi tout fuit, tout meurt côme vent, côme fleurs.*
D. *Comme vn ombre qu'on voit luire sur des couleurs.*
Ol. *En parlant.* D. *En pensant, desseignant mainte*
    chose.
Ol. *Songeant à l'aduenir.* D. *Dequoy le ciel dispose.*
Ol. *Se rendât malheureux.* D. *Par ses propres defauts.*
Ol. *Trôpé par ses desirs.* D. *Incertains, vains & faux.*
Ol. *Il n'est rien qui ne change.* D. *Il n'est rien qui ne*
    meure.
Ol. *La vertu seulement eternelle demeure.*

SCENE

SCENE QVATRIESME.

Arifton. Timophile. Sophonie. Daphnis.
Timarque.   Olinde.   Philis.
Heraclite.   Doride.

Arifton.

As! qu'eft-ce que de nous & de noftre nature?
Tim. C'eft, pour en bien parler, poudre, vent,
    pourriture.
Soph. Noftre vie eft vn fonge, vn fouspir qui s'enfuit.
Tim. De nos ans incertains les malheurs font le fruit.
Daph. Hé que n'ay-ie auec luy ma vie terminee?
Her. Charon a pour chacun vne trifte iournee,
Il vient fans qu'on y penfe, il vient d'vn pied leger,
Mefme lors qu'on fe croit le plus loin du danger.
Ol. Mais helas! il eft mort à l'Auril de fon âge.
Her. Qui d'heure voit le bien il a de l'aduantage,
Qui force les prifons du monde viftement;
Auffi goufte pluftoft le vray contentement.
Dor. Il eft mort hors de temps trompé de l'efperance.
H. Il eft fol qui çà bas loge fon affeurance.
Le bonheur de Metelle & les ans de Neftor
Euffent fauué Priam en conferuant Hector.
Dor. Las! fes iours ont efté comme vne ombre qui paffe.
H. La vie on ne mefure à quelque long efpace.

Scipion mourut ieune, & Sylla mourut vieux,
On sçait bien toutesfois quel des deux valloit mieux.
Timo. On a beau discourir nos courses sont bornees,
On ne peut euiter les fortes Destinees :
Par vn ordre fatal nous sommes tous pressez,
Quand le temps est venu nous sommes tous forcez,
Il faut passer par là sans cercher autre route :
Mais à ce doigt de Dieu nostre esprit ne voit goutte.
  Nous sommes attachez de tenebreux liens,
Foibles chauuesouris, Mages Egyptiens
Ignorans les decrets de la court ætheree,
C'est pour l'esquif de l'ame vn rocher capharee.
                Ariston.
  La pluspart de ses maux l'homme peut euiter,
Le ciel ne voulut pas icy bas le planter.
Comme vn chetif esclaue aux seps & aux manotes,
Ainsi que lon nous peint Saturne dans ses grottes.
  Il repousse les maux par vn sain iugement,
Les Astres n'eurent pas ce nombreux mouuement,
L'assiete, les aspects, la diuerse influence
Pour luy creuser du tout les yeux de la prudence.
  Ils ne sont pas là haut Ephores rigoureux
Pour conter tous ses pas le rendant malheureux,
Pour le mettre au cercueil prenans la robbe rouge,
Et cependant qu'il soit vn marbre qui ne bouge,
Et ne puisse empescher ceste necessité
Par l'arrest desiny par la Fatalité.
  Les maux viennent de nous, c'est manque de sagess
Les accidens vont bien d'vne estrange vistesse,
Mais on les peut preuoir & preuenir souuent
Par vn sage conseil qui met la main deuant

Et arreste le coup: Il n'est d'autre fortune,
Il n'est autre destin qui çà bas importune
Que la folie humaine, & c'est l'aspect plus fort,
Saturne retrograde & le plus rude sort.
On pouuoit empescher ce coup si deplorable.
H. *Il n'en faut plus parler, il est irreparable.*
Ar. *Aux beaux faicts on ne veut que la Fortune ait*
Des rares actions on chasse le hazard,   (part,
Nous en sommes ouuriers, la prudence en est guide :
Aux autres nous disons que fortune est perfide ,
Nous taxons le destin, & pour nous excuser
Les beaux corps de là haut on nous oit accuser.
Tim. *Le conseil ne destruit l'ordonnance diuine.*
Ar. *Pour vn si haut secret l'ame n'est assez fine.*
Tim. *On ne peut empescher l'arrest determiné.*
Ar. *Mais qui pourroit sçauoir ce qui est ordonné?*
Nul n'ignore pourtant que la sagesse puisse
Empescher que Neron ne commette iniustice.
Tim. *On ne peut eschapper le terme limité.*
Ar. *Nos termes sont bornez à nostre obscurité.*
Ægiste pouuoit bien arrester l'aduenture,
Corrigeant les erreurs qui venoient de nature :
Nous excusons tousiours ce qu'il faudroit blasmer.
Tim. *Les erreurs sont des flots, la vie est vne mer.*
Ædipe ne sceut pas faire par la sagesse
Qu'il ne tuast son pere en sa blanche vieillesse.
Plusieurs ont confirmé ces Decrets si constans.
Ar. *L'arondelle ne fait seulette le Printemps,*
A l'œuure quelquefois le rencontre se treuue,
L'escume du cheual du Peinctre nous le preuue:
Pourtant des accidents la science on ne fait ,

Bien qu'ils luisent souuent par maint notable effect.
Ol. *Les voila qui s'en vont abbatus de tristesse,*
Allons voir si ma sœur modere sa destresse.
Dor. *Elle est à ce coin là, ie voy quelque flambeau.*
Ol. *Ie la vois à genoux, elle est sur vn tombeau,*
Oyons ce qu'elle dit, a qu'elle est affligee!
Dor. *O sort, ô sort cruel! comment elle est changee!*
Ol. *Qu'elle sent en l'esprit de mortelles douleurs!*
Dor. *Mais qui la sçauroit voir sans fondre tout en*
 pleurs?

Philis sur le tombeau de Florisel.

PASSANT mourrons ensemble, arreste, admire,
Arreste: voicy tout en ceste sepulture, (pleure,
Admire la vertu, la nature & les cieux,
Pleure le sort cruel: Cy gisent des merueilles,
Suiect qui baignera de larmes tes deux yeux,
Et te fendra le cœur rauissant tes oreilles.

 Chaque syllabe soit vn souspir lamentable,
Chaque mot vn sanglot, chaque vers pitoyable
Vn syncope mortel pour celle que tu vois,
Qu'acheuant de conter nos tristes destinees,
I'acheue pour iamais sans feu, sans poux, sans voix,
Et qu'on voye à l'instant mes peines terminees.

 Mourir! ie m'en dedis, ie serois trop contente,
La mort ayant pitié de ceste ame dolente,
Plustost que ie demeure en ce rude tourment,
Descendant, remontant le rocher de mes peines,
L'esprit, l'ame & le corps seruans de monument,
De supplices cruels, de roues inhumaines.

 Tu me vois sur ce marbre vn froid marbre moy-me,
Ie me trompe, mon mal se fait sentir extreme. (m

Ie suis morte, mais non! les morts ne parlent pas.
Ie ne vy pas aussi, le corps vit-il sans ame?
Et Philis n'en a plus depuis que le trespas
Mit sa chere moitié sous ceste obscure lame.

Non, non ie suis vn marbre, hé! seroy-ie pas morte,
Ayant du sentiment ma peine estant si forte?
Si ie parle, ô passant, remarque ce secret,
C'est par le seul portraict de ceste ame si belle:
Le ciel iuste egallant ma perte & mon regret
Fit vne eternité de ma douleur cruelle.

Florisel, ô Passant, au printemps de son âge
Florissoit dessus tous auec tant d'auantage,
Que rien de si parfaict çà bas on n'eut sçeu voir:
Le ciel luy fit present de ce qu'il eut de rare,
La nature pour luy monstra tout son pouuoir,
La vertu le nourrit pour nous seruir d'vn Phare.

Ils estoient si bien ioincts en ceste œuure admirable,
Qu'on ne pouuoit iuger quel fut plus fauorable,
D'esprit, de corps & d'ame il estoit accomply.
Il fut beau pour ces trois, mais la mort qui tout range
Le rauit au printemps dans le fleuue d'oubly,
Afin d'auoir vn Mars à la face d'vn ange.

C'estoit vn clair soleil, vn parfaict edifice,
Vn cedre de vertus en vn temps de malice,
Dont les rais, les grandeurs, les rameaux s'estendans
Reluysoient, paroissoient, s'esleuoient dans les nues:
Mais la mort luy trencha le filet de ses ans
Ainsi qu'on admiroit ses graces recognues.

Elle obscurcit, rasa & coupa sa lumiere,
Ses marbres, sa racine en meslant depoussiere,
D'ombre, de cris, de pleurs ce chef-d'œuure si beau.

Son ame auroit quité sa prison & ses peines.

Mourant, le monde, amour, la vertu, la nature
Estoient aupres de luy comme leur nourriture,
Leur obiect, leur thresor & chef-d'œuure parfaict:
Ils le vouloient sauuer, c'estoit toute leur gloire,
Ils s'estoient resolus à si louable effect,
Mais le ciel & la mort obtindrent la victoire.

Quand Florisel se vit tout prest à rendre l'ame,
Qu'il marquoit que sa vie vne petite flamme
S'esleuoit, se baissoit, n'ayant plus d'aliment,
Il desira parler: La mort pleine de rage
Luy vouloit empescher ce dernier mouuement,
Mais l'amour l'arresta pour tenir ce langage.

C'est toy Philis qui rends ma playe si profonde,
Par ces racines là ie tiens encore au monde,
Dont ie pars fort content, voyant vn nouueau iour
Ie m'en voy bienheureux, vn seul poinct m'importune,
Ie crains que ta douleur ressemble à ton amour,
Ainsi ie meurs deux fois pensant à ta fortune.

Adieu, depart cruel & sort trop lamentable!
Cest esclair, cest esclat me transporte & m'accable,
Adieu Phil. A l'instant la voix luy defaillit,
Au milieu de mon nom la Parque iniurieuse
Mit son fer rigoureux, le cœur luy tressaillit,
Et l'ame s'en volla sur la riue oublieuse.

Les graces & vertus autour de luy flestrirent,
Mille petits amours sur sa bouche transirent,
Ses beau yeux d'vne nuict furent enuironnez,
Ses iouës ressembloient à des roses fanies,
Les lis de son beau front paslirent estonnez,
Et ses mains paroissoient comme des fleurs fernies.

D ii

Du monde, de l'amour, de la vertu sacree
Il fist vn ornement, vne flamme admiree,
Et vne rare fleur que chacun honora :
Tous trois sentirent bien ceste perte cruelle,
Le premier s'obscurcit, le second en pleura,
L'autre eust faict comme luy, mais elle est immortelle.

Au moins si i'eusse esté pour clorre ses paupieres,
En voyant l'occident de ses belles lumieres
Je fusse morte aussi de regret & de dueil.
Sur ce corail mourant nos deux ames collees,
A l'amour, à l'espoir bastissant le cercueil,
A l'instant on eust veu pour iamais assemblees.

Le voyant en tel poinct, ô veue, ô fiere veue!
Luy voyant sa Philis esperdue & perdue,
Que nos yeux & nos cœurs eussent esté pressez,
Les yeux eussent prié les cœurs donner des larmes,
Mais de maux infinis se trouuans oppressez,
Ils eussent refusé de si communes armes.

A l'inouy tourment de si mortelle attainte
L'humeur leur eust manqué, & la voix à la plainte:
Si nous eussions pleuré c'eust esté proprement
Comme vn vaisseau si plein que le versant en terre
Il espand sa liqueur à gouttes seulement,
Tant l'humeur là dedans en soymesme se serre.

Les gouttes qu'on eust veu couler dessus nos faces
Eussent de nos regrets esté les pures glaces,
Des langueurs de l'esprit & des rigueurs du sort,
Des gouttes reprochant fortune coniuree,
Des gouttes de l'amour, des gouttes de la mort,
Et nectar precieux de nostre foy iuree.

Chaque goutte eust nauré mon ame iusqu'au centre,

Mais helas! Florisel, pourquoy faut-il que i'entre
En ce triste discours sans mourir de langueur ?
Plusieurs gouttes tombant auec le dueil & l'ombre
Eussent en fin caué le rocher de mon cœur,
Me donnant vne mort, mais bien des morts sans nõbre.

S'il eust versé des pleurs son ame estant pressee,
Chaque larme eust esté pour ma triste pensee
Mille mers de regrets, de douleurs & de morts :
Mais luy serrant la bouche & criant forcenee,
L'accollant, le pressant i'eusse faict tant d'efforts
Que i'eusse accompagné sa noire destinee.

Nous regardant tous deux (à ce penser ie tremble)
Nos ames, nos esprits se fussent mis ensemble,
Discourans sans parler de leurs afflictions.
Ce sont des mouuemens, langages de martyre
Faciles à sentir, estranges passions   (re.
Qu'on n'a point sans mourir, mais qu'on ne peut descri-

Mais non! car le voyant soudain ie fusse morte,
Comme l'infortuné qu'vne trainee emporte:
Il voit, il oit, il meurt sans penser à mourir.
I'eusse senty dans l'ame aciers, glaces & pointes,
Les trenchans affileʒ de la Parque courir,
Coupant, pressant, perçant les arteres mieux ioinctes.

Le voyant i'eusse faict comme le miserable
Qui se iette d'vn mont dans l'abysme effroyable,
Venir, voir, s'esblouyr auec estonnement,
Tomber, mener du bruit, ouyr reiaillir londe,
Faire peur & pitié ne sont qu'vn seul moment,
Vif, mort, haut & bas, estre & n'estre plus du monde.

Le voyant i'eusse faict comme quand la tempeste
D'vn canon foudroyant va donner dans la teste,

Car ce n'est qu'vn inſtant, voir, ouyr & ſentir
L'eſclair, le bruit, le coup de la mort tout à l'heure,
Le corps tomber à terre & l'echo retentir,
Mourir n'y ſongeant point ſans regretter qu'on meure.

Mais du feu, de l'abyſme & du canon horrible
L'effort, l'effroy, le coup n'ont rien de ſi terrible,
Qu'on puiſſe accomparer à telle affliction:
Ils peuuent ſur le corps, & ceſte mort de l'ame
Eſt toute de l'eſprit & de l'affection,
Surpaſſant mille fois le plomb, l'onde & la flamme.

Or comme vn qui ſe noye, arriuant qu'il attrape
Quelque corps que ce ſoit, il s'allonge, il le happe,
Et de là ſes deux mains on ne peut arracher:
Ainſi i'en euſſe faict à ſon corps enlaſſee,
Le tenant, l'embraſſant ferme comme vn rocher,
Sans le quiter iamais qu'on ne m'euſt deſpecee.

On euſt mis nos corps ioincts tous deux en meſme pla-
Mon deſtin m'enuia l'Hymenee de glace,   *(ce,*
Comme la paſle mort m'oſta celuy de feu:
Certes il nous falloit mourir tous deux enſemble,
Ou viure longuement, ou ne l'auoir point veu,
Pour eſprouuer l'effort qui deux cœurs deſaſſemble.

Las! Floriſel paſſa comme fait vne nue,
On priſoit ſa vertu des mortels recognue,
Et l'eſpoir promettoit des merueilles de luy:
Il diſparut ſoudain par l'attainte meurtriere,
Et tout ce que i'en eus pour m'accabler d'ennuy,
Ce fut le voir, l'aimer & perdre ſa lumiere.

Il paſſa tout ainſi qu'vne fleur tempeſtee,
Comme elle eſtoit de tous egallement vantee,
L'orage du deſtin tomba ſur ma moitié,

PHILIS,

D'vne fleur de nature & du ciel admirable,
Abbatant, effaçant, destruisant sans pitié
La vigueur, la couleur & l'odeur tant aimable.
    O malheur ! il passa comme fait vn Zephire,
Il conuioit l'Amour & les Graces à rire,
Sa presence faisoit vn printemps gracieux:
Mais le froid de la mort qui luy portoit enuie,
De son ambre chassant l'air plus delicieux,
De mortelles vapeurs vint estouffer ma vie.

    Il passa comme vn flux de la mer orageuse,
On le voyoit monter de force impetueuse,
Le flot des ses vertus bruyoit superbement:
A ces cris, à ces bruits la Parque le vint prendre,
Elle arresta tout court ce hardy mouuement,
Et à peine il montoit qu'il luy fallut descendre.

    O sort ! ie le perdis comme vne ombre qui passe,
C'estoit vn Aigleron de merueilleuse audace:
Comme il estoit à mont plein d'amour & d'espoir,
La mort tendit son arc & luy donna dans l'aile,
Il fremit, cheut, finit, mettant au desespoir
Philis qui meurt sans fin d'vne peine immortelle.

    Il passa comme vn songe en nostre fantaisie,
Des douceurs de l'amour son ame estoit saisie,
Nous tracions dans l'esprit mille diuers plaisirs:
Helas ! tous ces plaisirs pour moy furent vn songe,
Mais le regret de voir auorter nos desirs
Est vn ver du malheur qui sans cesse me ronge.

    Ceste vie, ô passant, toute pleine d'encombre,
Vne nue, vne fleur, vn vent, vn flux, vne ombre
Et vn songe pipeur, n'a rien que vanité:
Par ces comparaisons voyons mon aduenture,

Et puis tu iugeras mon infelicité
Passer tous les malheurs qui sont en la nature.

En pleurs continuels la nue est conuertie,
Pluye du cœur, de l'ame abbatue, engloutie,
Qui d'vn voile obscurcy couure mon horison:
Or chacun le beau temps apres la pluye espere,
Mais las! ie trahirois l'amour & la raison
D'en attendre iamais autre que de misere.

Ceste fleur s'est changee en arbre d'amertume,
Dont l'aigreur & le fiel m'afflige & me consume,
Son verd en desespoir, son odeur en douleurs,
Ses naïfues couleurs en mortelles espines:
J'ay flairé les plaisirs, i'ay le fruict des malheurs,
Et ne veux & ne puis en couper les racines.

Ce vent dont ie viuois sainctement amoureuse
Deuint vn vent cruel de tristesse outrageuse
Et de souspirs cuisans dont mon cœur est choqué:
Mais ce cœur est d'acier, ou ce vent est trop lasche,
Car estant nuict & iour rudement attaqué,
Ie m'estonne & me plains de ce qu'il ne l'arrache.

Ce flux est faict de l'ame vne horrible tourmente
Qui l'agite sans fin, dont elle se lamente,
Ce sont escueils, rochers & bancs d'afflictions,
Bruits, naufrages, horrreurs qui font les ames plaindre:
Combats de la fortune & de mes passions,   (dre?*
Mais quoy? i'ay tout perdu que me faut-il plus crain-

Ceste ombre est trâsformee en vn corps tout difforme
De malheurs, de douleurs terriblement enormes,
J'ay pour cest aigleron orfrayes & corbeaux,
Monstres de ma fortune, esprits des sepultures:
Mais puis que i'ay perdu ces amoureux flambeaux,

Q iij

Et que i'en ay le mal, me plains-ie des augures?
  Ce songe m'est helas! verité d'infortunes,
Effect essentiel des peines importunes,
Et vray songe pourtant du bien & des plaisirs:
Pour les felicitez i'en eus la resuerie,
I'ay le vray des malheurs & le faux des desirs,
L'vn ieu du sort cruel, l'autre de piperie.

  Si mon sort & mon dueil estoient à la balance,
Ie tiens qu'on les verroit d'egale violence,
Tous semblables entre eux, & differens de tous:
Non non! ie me deçoy, le sort l'autre surpasse,
Si la douleur estoit egale à son courroux,
Mon corps seroit de cendre ainsi qu'il est de glace.

  Ces os icy, passant, sont ombre & chose vaine,
Philis est ombre aussi, mais qui a quelque haleine,
Vn tombeau qui se meut, & vn mort qui se plaint,
Bris du ciel & d'amour & cendres qui souspirent
Sur les tristes vapeurs de leur soleil esteinct,
Où attendant leur fin encore elles respirent.

  Florisel & Philis paroissent peu sortables,
Et cependant ils ont des accidents semblables,
Il est sorty du monde, & ie le suis aussi,
Il n'oit rien, ie n'oy rien, l'vn mort, l'autre insensible,
Luy sans yeux, moy sans yeux: le ciel nous fit ainsi,
L'vn & l'autre muets à son esclat horrible.

  Mais helas! que dis-ie? le regret me transporte,
Ie suis encore au monde, hé! que ne suis-ie morte?
I'oy, mais ce sont mes cris, ie voy, mais les douleurs,
Ie sens, mais les ennuis, & parle, mais de plaindre,
Le ciel m'a concedé cest echo de malheurs
Pour pleurer Florisel m'empeschant de l'attaindre.

Ce noir est trop commun pour le mal qui m'entame,
Pour bien representer les trauaux de mon ame ,
Il me faudroit parer des habits de la mort.
Que dy-ie? que fay-ie? ô Parque iniurieuse !
Plaindre tant sans mourir! Philis n'as-tu pas tort
De rendre la raison d'amour victorieuse ?

Le ciel me tient la main, & prolongeant mes peines
M'enuie le bonheur des Greques & Romaines.
Iuge donc, ô passant, de ce malheureux sort:
La mort, le ciel, la terre ont faict mon aduenture,
La mort m'oste l'espoir, le ciel chasse la mort,
Et la terre ne veut me donner sepulture.

Ny ie ne puis mourir, ny ie ne sçaurois viure,
Ny finir ny souffrir, ny demeurer ny suyure,
Contemple, ie ne suis des viuans ny des morts.
Peut estre que ton corps n'est rien qu'vne chimere:
Helas! ie le croyrois sans les cruels efforts
Et les rudes combats de ma douleur amere.

Ie mourray non pas seule, & ie luy porte enuie,
Oreste auec Philis y laissera la vie,
Grand effect, beau miroir d'vne rare amitié.
Pour le combler d'ennuis elle fut assez forte,
Mais en voyant Philis le coup de la pitié
Rendra leur sort egal bien qu'en diuerse sorte.

Ie finiray dessus ces cendres bien-aimees.
Ie vis par vn soleil mes flammes allumees,
Vn eclypse cruel esteignit leur clarté.
Ces flammes de mon cœur sont reduictes en cendre ,
Cendre qui fera voir que ma fidelité
Egale à son merite vnique se veut rendre.

De ce soleil esteinct, clarté qui fut si belle,

Mon ame se rendra l'ombre perpetuelle,
Le suyuant du penser & de l'entendement.
Si ie puis rien aimer (plustost fusse-ie morte,)
Ce sera par contrainte ou deuoir seulement,
Mais las! pourrois-ie bien aimer de nulle sorte?

J'attens donc de finir sur ces cendres cheries,
Les sources du cerueau & du cœur sont taries,
Les yeux ont seché tout à force de puiser.
La voix, le poux, le sens, les esprits me deffaillent,
Tout est serré, glacé, l'ame veut reposer,
Et renuersant les yeux mes antrailles tressaillent.

L'ame de Florisel est au ciel bien heureuse,
La mienne y veut aller du ciel toute amoureuse,
But certain, beau desir & dessein precieux.
Se faire vne maison au ciel est la finesse,
Des proiects des humains le proiect glorieux,
Et le reste n'est rien que misere & foiblesse.

Voila que dit Philis, voy contemple & medite,
Mais ce n'est que du vent si l'ame n'y profite:
Car chacun peut auoir ceste conception.
Change toy, repen-toy entrant dedans toy mesme:
Si tu deuiens meilleur c'est la perfection,
Et des hommes si vains la prudence supreme.

De Nature, du Ciel, du Temps & de Fortune,
Voir la loy, les decrets, l'inconstance importune,
Et les iours incertains c'est de l'humanité.
Mais quoy? c'est du commun le grand apprentissage:
Contempler, mediter n'est qu'vne vanité,
Si par telles leçons on ne deuient plus sage.

F I N.